蛇恋の禊

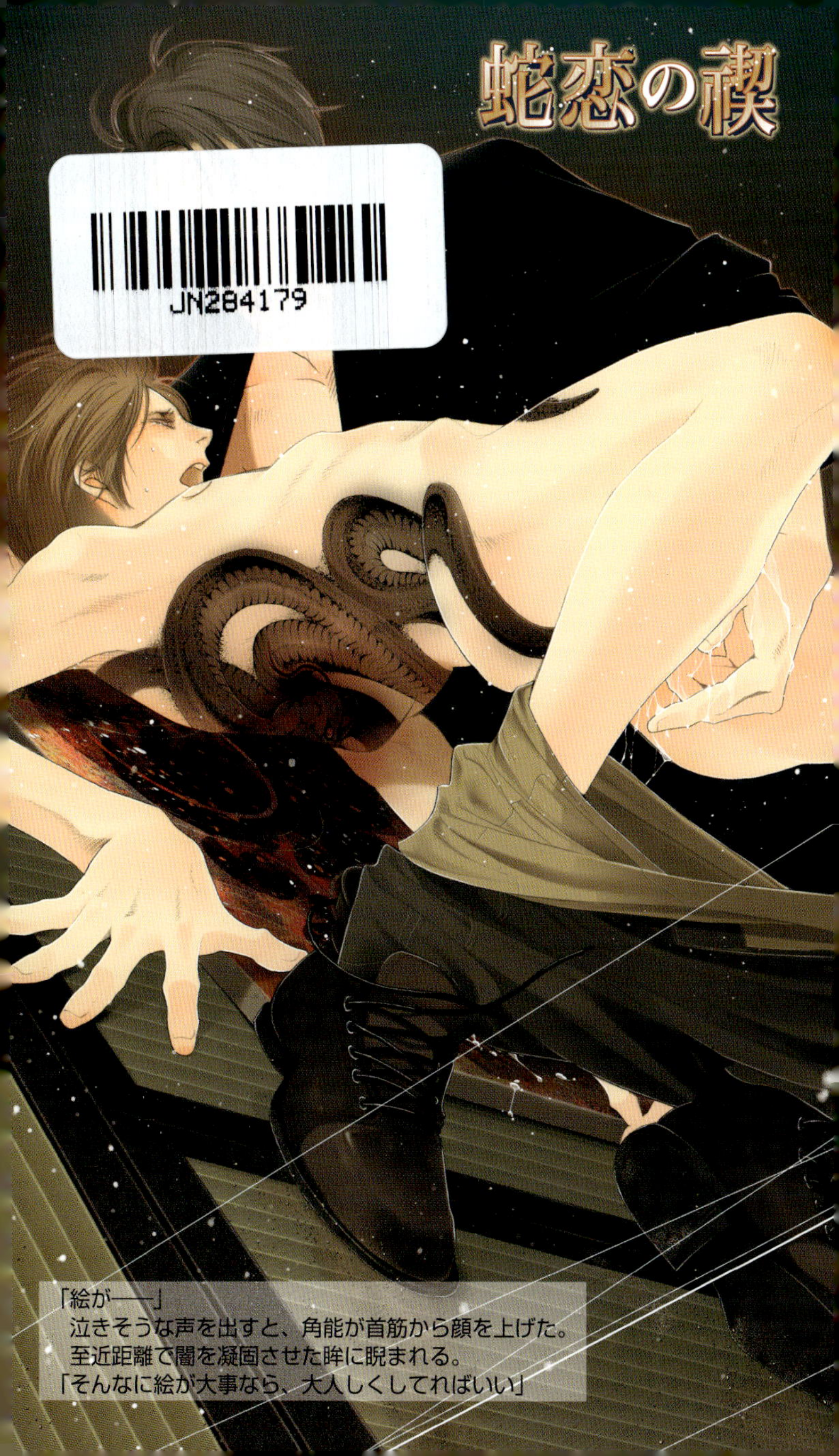

「絵が──」

　泣きそうな声を出すと、角能が首筋から顔を上げた。

　至近距離で闇を凝固させた眸に睨まれる。

「そんなに絵が大事なら、大人しくしてればいい」

蛇《じゃ》恋《れん》の禊《みそぎ》

沙《さ》野《の》風《ふ》結《ゆ》子《こ》

ILLUSTRATION
奈《な》良《ら》千《ち》春《はる》

CONTENTS

蛇恋の禊

蛇恋の褉

プロローグ

まるで和紙に濃密な墨を落としたように、葉を茂らせた枝の影が障子窓に滲《にじ》んでいる。

影は上空から吹き降ろす風の強弱のままに揺れ、細やかに編み込まれた畳の、青々とした面へと生きた影絵を映す。

その揺れる影絵の葉を毟《むし》る仕種《しぐさ》、布のうえに裸体をうつ伏せにした円城凪斗《えんじょうなぎと》は指先で畳を引っ掻《か》く。

――痛い…っ……痛い。

自分の肌に深々と針を叩《たた》き込まれていく小刻みな音。

音のたびに強烈な痛みを神経に流し込まれる。身体《からだ》中の筋肉が強張《こわば》る。筋が引き攣《つ》れる。そのせいで、傷つけられている腿《もも》の後ろ側ばかりでなく、身体全体が熱っぽく熟《う》んでいた。

「…んっ、く」

刺青《いれずみ》の墨は、凪斗の右胸より始まっている。そして右肩から背に繋《つな》がり、ほっそりした背中全体をS字に流れるかたちで右臀《でん》部《ぶ》の輪郭を辿《たど》って、いまは右腿の付け根の薄い皮膚を穢《けが》していた。

極道者の大の男でもあまりの痛みに中途で逃げ出してしまうことがあるという、手彫りの刺青。

その苦行を、二十歳の美大生である凪斗は耐えつづけている。

初めての、恋のために。

彫り師に肌を穿《うが》たれて呼吸もままならない状態、凪斗は涙を刷《は》いた淡色の眸《ひとみ》を部屋の隅で端座している男へと肩越しに向ける。

長軀《ちょうく》にダークスーツを纏《まと》った、深い闇色《やみいろ》の髪と双眸《そうぼう》をした男の姿が視界に入った途端、胸の芯《しん》から身体中へと甘い波がざあっと拡《ひろ》がった。痛みと甘みが強烈に混ざりあう。

角能尭秋《かどのたかあき》。

ひと回り年の違うこの男の手によって、凪斗は穏やかな日々からもぎ離された。

ほんの一ヶ月半前まで、凪斗はただの美大生だった。

十八歳のころに描いた「樹の林檎《りんご》」という日本画が日展に入選してちょっとした有名人になっていたものの、それでも母方の祖母とふたりきりの慎《つつ》ましい生活を送る、堅気の一学生にすぎなかった。けれど、その入選をきっかけに人生の歯車は、凪斗が注意深く眠らせていた忌まわしい歯車と嚙《か》みあってしまった。

一度も会ったことがなかった父——指定暴力団岐柳組《きりゅうぐみ》三代目・岐柳久禎《ひさよし》が、「樹の林檎」のただならぬ筆致から凪斗の妖《あや》しい資質を見出《みいだ》してしまったのだ。父は、角能を使いとして差し向けてきた。

角能は凪斗を自身のマンションの一室に監禁し、凪斗の人格に揺さぶりをかけた。受け継いでいるはずの岐柳の血を目覚めさせて、岐柳組四代目に仕立て上げるためにだ。

——わかってるのに。角能さんは、ただ俺を四代目にしたいだけだって、わかってるのに。

それでも、角能は初めての人だったのだ。

幼いころから母親に、父の極道の血は災いを呼ぶ忌まわしいものだと教え込まれた。その災いが周りの人に降りかからないようにと、凪斗は誰とも親しくなりすぎないように気をつけて生きてきた。それゆえにいつも孤独だった心のなかに、理由はどうあれ角能は踏み込んできたのだ。

唇も身体も、初めて奪われた。

一線を越えたきっかけは、凪斗に岐柳組四代目の座を奪われることを恐れた異母兄によって無理やり仕込まれた催淫剤《さいいんざい》だった。頭がおかしくなりそうな劣情を、角能はその身体を使って鎮めた。以来、彼は三日に一度は凪斗に圧《の》し掛かってくる。抵抗も虚《むな》しく犯され、淫蕩《いんとう》な血を目覚めさせられて。

嫌だった。

嫌なのに――気づいたら、軟禁された部屋で角能の絵ばかりスケッチブックに鉛筆で描くようになっていた。それを本人には知られたくなくて、スケッチブックを破いては描いた角能を繰り返し燃やした。

でも、最近は、もう燃やしていない。

いま凪斗は岩絵の具を使って、一枚の絵を描いている。角能が見てもなにかわからないだろう抽象画だ。角能という人間を、角能への自分の想いを、色に分解して塗り込めている。

角能とのことも四代目のことも、どうなっていくのか、まったくわからない。怖くて仕方ない。

そんな大きな濁流に呑《の》まれるなか、角能に少しでも気に入られたい一心で、自分のために考えてくれたという刺青の図案を――ふたつの頭を持つ蛇をこうして身に刻んでいる。

腰のあたりで身を分岐した蛇は、片方は右肩から胸へと這《は》って乳首に先割れの舌を伸ばし、もう一匹は左の肩甲骨で見る者に牙《きば》を剝《む》く。

どうしてこんなおぞましい刺青を自分に与えたのかと傷つきもした。だが、それが角能が凪斗の二面性を把握したゆえの図案だったと知ったとき、人から理解される深い悦《よろこ》びを初めて体験した。

この刺青は、角能への恋情を証《あか》すものであり、同時に凪斗自身の心のかたちを具現化したものなのだ。

「腿の内側を彫りますので、脚を開いてください」

彫滝《ほりたき》が低いくぐもった声で、そう告げてくる。

凪斗はうつ伏せのまま、ぎこちない動きで脚を少しだけ開く。

「もう少し…失礼します」

壮年の男の強い手が左脚の膝《ひざ》のあたりに添えられた。ぐっと脚を開かされる。

「あっ」

咄嗟《とっさ》に双丘を締めたが、詮《せん》ないことだった。朴直な刺青師がかすかに息を呑んだのがわかる。

今日、内腿まで作業が及ぶのを承知で、角能は昨晩、縁が紅《あか》く腫《は》れてしまうほど凪斗の後孔を口と指と性器でいたぶったのだった。淫《みだ》らな器官のようになった場所を第三者に晒《さら》す恥辱に、凪斗の肌は紅潮を重ねる。

「ここは皮膚が薄いので痛みが強いでしょうが、辛抱を」

身構えても無駄な痛みが内腿を貪《むさぼ》りだす。

凪斗は身体の下に広げられている布に咬《か》みついた。それでも、「んっ、んっ」と小刻みに喉《のど》が鳴る。

——角能さん…角能さん…。

必死に角能へと視線を這わせる。

角能の眉間《みけん》には、皺《しわ》がひとつ深く刻まれていた。

自分の痛みに角能が反応してくれているのだ。それだけで報われる昏《くら》い悦びが、漣《さざなみ》となって体内に散り拡がっていく。

下腹が熱い。

肌を彫られる振動が、先端をしっとりと濡《ぬ》らした陰茎を小刻みに揺るがす。

苦痛と快楽に朦朧《もうろう》となりながら、凪斗は重たい睫《まつげ》を涙に濡らした。


この時の凪斗は、夢にも思っていなかった。

自分がこの十日後、窮地の果てに父譲りの蛇性《じゃしょう》の血を一時的にとはいえ完全に目醒《めざ》めさせ、関東屈指の指定暴力団である岐柳組の四代目になることを宣言するに至るなどとは。

それと同時に、凪斗は角能尭秋をも手に入れた。

いや、正確に言えば、角能を我が物にすることと引き換えに、岐柳組四代目を引き受けたのだ。

岐柳組を継ぐことを受け入れたその夜、凪斗は角能と盃《さかずき》を交わした。凪斗を兄とする二分八の兄弟盃だ。そして、その盃は角能の手で割られた。

割り盃によって、凪斗と角能は今生が終わるまで断たれることのない絆《きずな》で結ばれたのだった。

1

岐柳本宅の応接の間。

分厚い欅《けやき》の一枚板の座卓のむこうから、唐獅子《からじし》を思わせる風貌《ふうぼう》の男がごろりとした目を向けてくる。

若竹色の長着に薄鼠《うすねず》色の羽織で整えた凪斗は、器を量る相手の重い眼力をしかと受け止め、眼差《まなざ》しひとつ揺らぐことがない。

「これが岐柳の若頭――四代目になられるお人か」

関西弁の抑揚の呟《つぶや》きに、

「旗島《きしま》の、凪斗が眼鏡に適《かな》うようなら、今後とも西と東の柱として、岐柳組を気にかけていただけるとありがたい」

凪斗の横に座する岐柳組当代・岐柳久禎が告げると、旗島会会長は破顔した。

「水くさい言い方はなしや。岐柳さんとワシとは、五分の盃を交わした盟友やないか。岐柳の大蛇《おろち》の血ぃ継いだ四代目さんも、なんやこうして目を見とるだけでゾクゾクくるわ。綺麗《きれい》な蛇が鎌首《かまくび》をすうっともたげとるみたいないずまいやなぁ」

目を細めてそう評する旗島に、凪斗は少しふっくらとした唇に微笑を浮かべて返す。

「代目を継ぐころには、どんな凄《すご》い蛇に育ってはるか、楽しみなような、怖いような」

「その代目襲名式だがな、ふた月後の三月を予定している」

旗島会会長は肉厚な頬《ほお》に刻まれた豊麗線《ほうれいせん》をぴくりとさせた。

「それはまた、えらい急な運びですな」

訝《いぶか》しげに言ってから、旗島は声を潜めた。

「まさか、岐柳さん、前に言うてはった肝臓のほうの按配《あんばい》がよろしくないんか？」

旗島の懸念するとおりだった。

岐柳久禎が六十一歳にして引退を急ぐのは、肝臓に深刻な病を抱えているためだった。万が一のことがあってからの急の代替わりでは、揉《も》めに揉めるのが目に見えている。だから自分の目が黒いうちに代替わりをおこない、若すぎる凪斗に組長としての基盤を作らせようという算段だ。

「さよか…。四代目さんはこの若さで岐柳組をまとめはるからには、魂削る苦労を覚悟せなあかんのでしょうなぁ。旗島会も、遠地からとはいえできる限りのお力添えをさせてもらいますよって」

凪斗は座布団から膝をずらして畳にじかに正座すると、背筋首筋を涼やかに伸ばした。するりと目を上げて、ぬめる淡色の双眸でじっと旗島を見つめる。

「若輩者ですが、万難を排して岐柳の看板を守る所存です。ご指導ご鞭撻《べんたつ》のほど、何卒《なにとぞ》よろしくお願い申し上げます」

玲瓏《れいろう》とした声で告げ、深々と頭を下げた。

――若輩者ですが、万難を排して岐柳の看板を守る所存です。ご指導ご鞭撻のほど、何卒よろしくお願い申し上げます……だって。

いま言ったら、絶対に舌を嚙むだろう。

つい先刻の自分の所作と言葉遣いを反芻《はんすう》して、凪斗はひどく奇妙な気持ちに囚《とら》われていた。

岐柳組を継ぐと宣言した日から、まだ五ヶ月ほどしかたっていない。そのあいだに、角能によって覚醒《かくせい》に導かれた自分のなかの自分でない部分は確実に育っているようだった。

……こうして岐柳の敷地の離れにある八畳の自室で、障子も襖《ふすま》も締めきってひとりでいると、自分の置かれている現状が凄《すさ》まじく非現実的なもののように思われてくる。

次期組長になることが確定してからこちら、凪斗は一般人の「円城凪斗」と極道の「岐柳凪斗」と、ふたつの顔を使い分けて暮らしてきた。

学校の行き帰りのみならず、校内でも同世代に見える護衛がつくものの、週に二度は美大に通うことを許されている。昼は一般人の顔をして過ごしながら、夜には拳銃《けんじゅう》や匕首《あいくち》、日本刀の使い方を仕込まれる。

凶器を手にすると禍々《まがまが》しさに鳥肌が立って思わず目を閉じてしまい――――次の瞬間、ぞくりとした悦びの震えを身体の芯に感じる。

そして、ゆるりと瞼《まぶた》を上げたときにはもう、凪斗はいつもの凪斗でなくなっている。まるで別人格を宿したように感覚が研ぎ澄まされる。

以前から絵筆を握ったときに似たような状態に陥ることはあったのだが、この世界に棲《す》むようになって、自分ともうひとりの自分との乖離《かいり》は激しくなっていた。

いまは「円城凪斗」と「岐柳凪斗」という色の異なるふたつの魂《たましい》を、まったく別の存在として自分のなかに感じる。そして、差が激しくなっていくほど、円城凪斗に戻ったあとにひどい虚脱感を覚えるようになっていた。自分が自分でない、強烈な違和感。

——でも、二ヶ月後に正式に組を継いだら……「普段」はいまの俺じゃないほうになるんだよな。

それをリアルに考えると、ゾッとする。

いまの自分という人間が消えてしまうような不安に、羽織の腕に指をきつく喰《く》い込ませる。

身のうちで増殖しそうになる不安を抑え込んでいると、ふいに廊下を踏んで近づいてくる足音が聞こえてきた。床の啼《な》き方とその歩調で、それが誰のものなのか、凪斗は覚《さと》る。

羽織を握っていた指から自然に力が抜けて、手が畳へと落ちた。

「凪斗、入るぞ」

襖越しにも下腹にじんと響く、低い男の声音。

「うん」

凪斗はごく自然に、二十歳のただの学生の声で答える。

見上げる先で、襖がすらりと開く。漆黒の目と髪をした情人が入ってくる。情人であり、岐柳組若頭補佐として自分を守り支えてくれている男。

「角能さん」

障子窓から降りそそぐ、やわらかみのある光のなか、角能がすぐ傍の畳に膝をつく。

嗅《か》ぎ慣れた苦みのあるフレグランスの香りが見えない糸となって凪斗の肢体に絡みついてくる。それに引かれるまま、角能へと身を寄せた。男の広い肩口にとんと額をつく。

「どうした？　旗島会会長の胆力にやられたか」

「それは平気だけど。顔合わせも慣れてきたし」

「なら、いいが。まぁ、そうそう怯《ひる》むタマじゃないか、ああいう時のおまえは」

「……」

組の者のほとんどが、父である岐柳久禎も含めて、「ああいう時の」凪斗を評価している。

いや、それだけを評価している。

必要とされているのは、あちらの凪斗だけだ。

極道として役立たずのほうの凪斗は心許《こころもと》ない眼差しを向けられるばかり。

それに対して複雑な気持ちになったり、ひとりでいるとさっきみたいに不安に駆られたりすることもあるけれども。

――大丈夫だ。この俺のことも、祖母《ばあ》ちゃんと角能さんは、ちゃんと認めてくれてる。

その証拠に、角能はいまも大きな手で、凪斗の淡い色合いの髪を撫《な》でてくれている。

広大な岐柳本宅の敷地のなか、祖母と角能と住んでいるこの離れでだけは、安心して「円城凪斗」でいられる。この先、八割がたを「岐柳凪斗」で過ごすことになっても、二割の「円城凪斗」にもまた居場所は与えられているのだ。それで充分だと思う。

自分のなかの妖しい血から、岐柳組四代目という宿命から逃れられないことを悟り、それに振りまわされているのは事実だ。けれども、角能とともにこうして生きられるのだから、自分は覚悟を決めたとおり、岐柳組四代目を張ってみせる。

「ん…」

耳の後ろをくすぐるように指先でなぞられて、凪斗は喉を鳴らし、首を伸ばした。

吐息が届く距離に、これ以上の完璧《かんぺき》な面立ちはないだろうと思うほど好ましい顔がある。鮮やかな眉《まゆ》に、深く入った二重、強い鼻梁《びりょう》に、ほどよい厚みの扇情的な唇。髪と眸の闇を練ったような昏さが、凪斗にぞくりとした官能を覚えさせる。

たぶん、これは角能が自分にだけ見せてくれる表情だ。

攻撃性と甘さが滴る、男の顔。それが自分へと落ちてくる。睫を伏せながら、凪斗は唇が重なる直前にはもう息を乱してしまっていた。唇から漏れた熱のある吐息を角能に呑まれる。

わずかに開きあった唇が、互いの唇を潰《つぶ》していく。

項《うなじ》から脳の内側までも粟立《あわだ》つ感覚。

大きく唇を割って挿し込まれる舌を、従順に受け入れた。舌がぬるりと触れあい、凪斗は眉根を寄せて瞼を閉じる。粘膜同士が擦《こす》れ絡む感触に、溺《おぼ》れさせられる。

角能に腰をきつく抱かれて、膝を崩した脚をなかば畳に投げ出すかたちになる。若竹色の長着の裾《すそ》がめくれ、すんなりした脛《すね》が露《あらわ》になる。

あられもなく舌を捏《こ》ねくりまわされて、白足袋に包まれた爪先《つまさき》がビクつく。

「かど……、…さ、ん」

着物の袷《あわせ》から、いつの間にか男の手が入り込んできていた。内腿をじっとりと撫で上げられて、自然と脚が閉じてしまう。

すると角能は乱暴な手つきで凪斗の右腿を摑《つか》み、腿の外側が畳につくほど淫らに脚を開かせた。着物の袷が深々と割れて浅黄色の襦袢《じゅばん》までも捲《まく》れ上がり、右腿の付け根が剝き出しになる。濡れそぼった唇の繫がりが解かれた。

角能の視線が、腿にそそがれる。

凪斗もまた濡れた目でそこを見た……ほのかに紅潮した薄い肌。その腿の内側からぬるりとした黒いものが這い出ている。卑猥《ひわい》に息づくそれは、刺青だ。双頭の黒蛇の尾が右腿の付け根に巻きついている。

「脚を閉じるな」

よけいに脚を閉じたくなるような声で囁《ささや》かれる。

そうして角能は、強い指先で丹念に刺青の蛇の尾をさかしまに辿った。腿の外側から内側へと、会陰部に掠《かす》めるほど際どいところをしつこくなぞられる。剝き出しの狭間が緊張に波打つ。着物のときは線が出るとみっともないからと、下着はつけないように言われているのだ。

目をきつく閉じてまどろこしい感覚に耐えていると、角能が耳元で笑った。

「なん、だよ…」

ちょっとムッとしながら目を開けると、からかう眼差しに見つめられる。

「おまえの蛇の頭、三つになってるぞ」

「えっ?」

「下を見てみろ」

言われるままに視線を下げた凪斗は、次の瞬間、耳や首筋をカァッと紅くした。

下腹の袷から、首をもたげているものがあったのだ。身体に見合ったいくぶんほっそりとした作りのそれは、薄皮を押し下げて潤んだ果肉めいた先端を剥き出しにしている。

「ヘンな言い方、するなよっ」

凪斗が決まり悪く「三匹目の頭」を裾を引いて隠そうとすると、しかし両の手首をまとめて角能に摑まれてしまった。

そして凪斗が脚を閉じられないように正面に陣取ると、角能は改めて刺青を愛《いと》しげに触りだす。スーツの袖《そで》に凪斗の茎は無造作に擦られた。先端からとろみのある蜜《みつ》が溢《あふ》れ、ダークカラーの布地を濡らしては透明な糸を引く。

「ん……ふ」

もう耐えられなくて、凪斗は自分から腰を蠢《うごめ》かして角能の掌《てのひら》にペニスを寄せてしまう。男のしっかりした皮膚に、すりすりと擦りつける。甘美な体感が溢れてきて、目の奥がくらりとする。

茎の芯が痛むほど強く押しつけると、ようやく男の指が折れた。

性器にじんわりとした圧迫感が訪れる。これで一気に導いてもらえる……と思ったが、角能はいつまでたっても露骨な刺激をくれない。

泣きたくなるほど緩慢に、手指の筒を狭くしたり拡げたりする。

「──か、角能、さん」

「どれだけでも搾れそうだな。畳にまで垂れてる」

角能の手指もぐっしょりと濡れそぼっていた。

「おまえ、緊張することがあったあとは、よく濡れるな」

指摘されて思い返してみる。たしかにそうかもしれない。

緊張するとやたらと身体の芯に熱が籠《こ》もって、重苦しさが残るのだ……。

「毒、なのかな」

凪斗はぽつりと呟く。

あの別人のような自分が分泌した濃密な毒が、体内に溜《た》まっているのではないか。そう思うと、ひどく落ち着かない気持ちになった。恥を嚙みながら、角能に掠れ声で訴える。

「ぜんぶ……出したい」

素直な頼みごとに、角能が目を細める。

「蛇の毒抜きか。いいだろう」

凪斗の手首を解放すると、角能は畳に掌をついた。深く俯《うつむ》く端整な男の額に、漆黒の髪が流れかかる。一瞬の上目遣いに、凪斗の背筋は痺《しび》れた。

自分の開いた脚のあいだに蹲《うずくま》る、見惚《みと》れるほど完成された大人の男。

「一滴残らず、俺が吸い出してやる」

茎を伝う毒を舌で掬《すく》われる。

凪斗は手を伸ばし、男の冷たい髪に指を絡めた。

下腹の器官が熱くてやわらかな口腔《こうこう》へとぬぷりと含まれる。

「ぁ……」

一滴も体内に残すまいとするかのように激しく吸いつかれる。

茎を貫く細い管が痛いほど引き攣れた。

ひくりひくりと跳ねる腿で男の頭を挟み込みながら、凪斗は想いのぶんだけ粘度の高い白い蜜を苦しく吐き出していった……。


「凪ちゃん、お疲れさん」

教室から出ていくと、眼鏡をかけた茶パツの関西弁青年が声をかけてくる。

「いつも、すみません」

「ええよええよ。これで今日の授業、おしまいやね」

折原洸太《おりはらこうた》は今日もあっけらかんと明るい。

ジッパーがそこかしこについたカーゴパンツにジャージの上着という格好で、見事に美大の雰囲気に馴染《なじ》んでいるが、実は岐柳組の下部組織である八十島《やそしま》ＳＳ《セキュリティサービス》という警備会社の人間だ。美大校内での凪斗の護衛を務めてくれているのだ。

折原はボディガードとしてそれなりに格闘術や銃刀の扱いはマスターしているが、彼の本分とするところは爆弾処理——爆弾マニアなので、趣味と実益を兼ねている——で、ほかにハッキングやプログラミングも得意としており、岐柳組の舎弟企業や懇意にしている企業のために能力を駆使している。

凪斗は鞄《かばん》を斜めがけにして、折原と並んで歩きだす。

校舎を出て校門を抜けると、窓に黒いフィルムを貼《は》られた銀色の国産車が横付けされた。

後部座席のドアが開き、降車した角能によって素早くシートの奥へと押し込まれる。折原が助手席に乗り込むと、車がなめらかに発進する。目立たないように黒塗りベンツはやめてもらったとはいえ、いまの場面を目撃した者たちは拉致《らち》を疑ったかもしれない。

いつもは専属の運転手なのだが、バックミラー越しに「若頭、お疲れさまです」と少々わざとらしい口調で声をかけてきたのは、折原が所属する八十島SSの社長である八十島泰生《たいせい》だった。

彼は角能の大学時代の先輩だそうで、フランスの外国人部隊にいたことがあるという変わった経歴の持ち主だ。それが納得できるだけの飄々《ひょうひょう》とした雰囲気で、角能に負けず劣らず立派な体躯をしている。

八十島と折原は、凪斗が四代目になると決意する前から警護を含めてなにくれとなく世話をしてくれたボディガードたちで、いまではほかの八十島SSの面々も一丸となって、外出の際は細やかな警護に当たってくれている。角能も若頭補佐になるまでは八十島SS所属のボディガードだっただけに、息の合った連携警護が可能なのだ。

助手席の折原が、シートベルトを引き伸ばしながら後部座席を振り返ってくる。

「なぁなぁ、凪ちゃん」

と気軽に凪斗に声をかける折原に、八十島が横から注意する。

「洸太、いい加減、『若頭』か、せめて『凪斗さん』て呼び方に直せ」

「えー。凪ちゃんて、可愛《かわい》いやん。ほかの人がいてはったらちゃんと『若頭』呼んでんねんから、こんな内輪ンときくらい大目に見てぇや」

口を尖《とが》らせる洸太と運転席の八十島に、凪斗はシートから身を乗り出すようにして告げた。

「これまでどおりでいいですよ。そのほうが俺《おれ》も嬉《うれ》しいし」

「ほら、凪ちゃんかて、こう言ってはんねんし」

うーんと唸《うな》ってから八十島は「じゃあ、俺もこれまでどおり凪斗くんて呼ぶかな」と呟く。

八十島SSの人間たちは、一応は岐柳組構成員であるものの、生粋の極道者たちとはかなりスタンスが違う。仁義ではなく、自分の能力を生かせるビジネスとして勤めている。

だからこそ、大学生大学生した凪斗に対してもフラットに接してくれる。それが、ありがたかった。

「でな、凪ちゃん。組長のお勉強は進んでんの？ 偉いサンらの顔と名前、ちゃんと覚えはった？」

四代目になるに当たって、頭に叩き込まなければならないことは山ほどある。

組長の主な仕事は全国に散る仲間内や敵対組織の情報収集と、それを元にして必要な対応を迅速に決めることだ。

抗争の指示を出すこともあれば、抜き差しならなくなった個人や組織の仲裁に入ることもある。だから、日々更新される人間関係の変化や、小規模組織の動向まで把握しておかなければならない。

これまで極道世界と無縁で生活してきた凪斗は、どの土地にどんな組織があり、どんな人物が気焔《きえん》を吐いているかなど、皆目わからなかった。極道界を駆け上ってきた漢《おとこ》たちの写真を凝視して端から覚えていくのだが、関東で名を馳《は》せる岐柳組組長として彼らと渡りあわなければならないと思うと、身の削れる心地になる。

「まだまだ足りないけど、大きい組織なら覚えたかな」

そう答えると、

「ほな、テストな。いま関西で威張ってる二大組織の組長サンと若頭サンのフルネーム、ついでに備考も答えなさい。制限時間三分。スタート」

折原が腕時計を眺めながら、秒針に合わせて「チッチッチッ…」と臨場感を出す。

凪斗はちょっとドキドキしながら答えはじめる。

「えっと、旗島会。会長は旗島荘平《そうへい》で、若頭は奥谷晋吾《おくたにしんご》。シノギの主なものは全国的に展開している貸金業。会長と現財務《ざいむ》大臣の寺越泰蔵《てらごしたいぞう》とは遠縁に当たる。それと、旗島会会長とうちの当代とは、五分の盃を交わした兄弟分」

旗島荘平とは昨日、顔合わせをしたばかりだから、容姿までくっきりと思い浮かぶ。

唐獅子を思わせる顔で険は前面に出ていなかったものの、眼力は凄まじかった。

「もうひとつは、熾津《おきつ》組。組長は熾津莞爾《かんじ》、若頭は組長の実子の熾津臣《じん》。四代前の創始から旗島会とは犬猿の仲で、岐柳組とも対立関係にある」

ふんふんと頷《うなず》いて聞いていた折原が「ようできました」と言ってから付け加える。

「熾津組若頭の通り名は、赫蜥蜴《あかとかげ》の臣。若頭が組を継いだら、旗島サンとこヤバいんちゃうかって言われてるぐらいの漢らしいで」

＊＊＊

折原と二十歳の若者らしく愉《たの》しげに喋《しゃべ》っている凪斗の横、角能は窓の外に注意を払っていた。つい一時間ほど前、当代から電話が入った。

先刻も話題になっていた、関西の二大組織についてのことだ。

なんでも一昨日《おととい》から旗島会会長が上京して関西を留守にしているのをいいことに、熾津組が大阪《おおさか》ミナミにある旗島会の店にちょっかいを出したらしい。すぐさま旗島会のほうもやり返し、熾津組は組長の妾《めかけ》のクラブをオシャカにされた。それにより、一夜にして一触即発の状態に陥っているという。

頭に血が上った熾津組の関東にいる輩《やから》が、旗島会と懇意にしている岐柳組にまで手を伸ばしてこないとも限らない。そのため、凪斗の警護を強化することになったのだ。

急遽《きゅうきょ》、八十島が警護に加わり、凪斗は気づいていないようだが、この車の前後に三台の護衛車がついている。

「……けど、角能さんて、ときどきオヤジっぽいこと言ったりするし」

こちらの心配をよそに、なんの話をしているのかと、角能は苦笑する。

「しゃーないって。角能サン、こないだ三十三にならはったんやろ？　外側はたしかに怖いぐらいオットコ前やけど、中身はしっかりオヤジ化してはるってことで」

その折原の発言を、運転席の八十島は聞き逃さない。

折原の頭がパンと横からはたかれる。

「角能がオヤジなら、俺はどうなる」

「八十島サンは、生まれたときから純正のオヤジちゃいますの」

「洸太、おまえなぁ」

「一緒に暮らしてる俺が言うんやから、間違いありません」

しれと、折原が言い返す。

そのやり取りに凪斗が吹き出す。

いつまでも、こんなふうに無邪気な顔をさせておいてやりたいものだが、そういうわけにはいかない。

来月の二月に、凪斗は二十一歳の誕生日を迎えるが、その前に父である岐柳久禎の戸籍に入り、「円城凪斗」から「岐柳凪斗」になる。

そして三月吉日には代目襲名式が執りおこなわれ、四代目として岐柳組の頂点に立つのだ。

しかし何分にも、凪斗は極道界では素人も同然の身。

これがいかに大きな賭《か》けであるか、岐柳久禎は承知している。いや、むしろその人生最期の賭けに博徒の血汐《ちしお》を滾《たぎ》らせてすらいた。その賭けに勝っても負けても、久禎は潔くそれを呑むだろう。

とはいえ、構成員たちのなかには思うところがある者も少なくない。

岐柳久禎こと岐柳の大蛇に心酔している者たちはほかならぬ組長の決定ならばと凪斗を支える心積もりを決めているが、そうでない者たちはいざとなったら凪斗の命《タマ》を殺《と》って、自分たちの眼鏡に適う人物を組長に据える腹積もりらしい。

また、凪斗の腹違いの兄である岐柳辰久《たつひさ》の動向も気にかかる。

辰久は去年の夏まで岐柳組の若頭の座にあった男だ。岐柳組四代目は彼が継ぐはずだったのだが、この数年で違法ドラッグに嵌《は》まり、とても次の代目を任せられない状態になっていた。そんな折、当代は外腹《ほかばら》の円城凪斗に熾烈《しれつ》な資質を見い出し、白羽の矢を立てたのだった。

当代の意思に逆らって凪斗に害をなした辰久は破門になり、若頭補佐だった数井《かずい》という切れ者とともに、組を離れた。辰久と盃を交わしていた構成員の一部もそれに従った。

極道者の破門は、全国津々浦々の各暴力団組織にまで書状が回る。破門状にはたいがい顔写真が貼り込まれており、破門者との交友や援助、仕事の斡旋《あっせん》を禁止する旨が記されている。もし他組織が破門者の面倒を見ることがあれば、それは破門した組織に喧嘩《けんか》を売る行為となる。

――辰久と数井は、どこに雲隠れしているんだ…。

破門された直後、辰久は新宿《しんじゅく》にいったん事務所を構えた。

その頃、凪斗の通う美大の校門のところで、角能は彼らの姿を目撃したことがあった。数井は白皙《はくせき》に眼鏡をかけてスーツをかっちりと着込み、相変わらず有能なサラリーマン然としていた。一方、辰久のほうは趣味の悪い紫色のスーツをだらしなく着崩し、なまじ顔の造形は悪くないだけにラリっているホストとでもいった風体だった。

角能の姿を見とめて突っかかってこようとした辰久を、数井がなにかを囁いて宥《なだ》め、車に乗せて去っていった。

それから二ヶ月もたたないうちに、彼らは新宿の事務所を畳み、姿を消した。

ジャンキーになっている辰久はともかく、数井はまだ三十歳になったばかりだが、侮れない男だ。

このまま表舞台から消え去る人間とは、とても思えない。

角能は黒い眸の底に力を籠める。

内憂外憂すべてのものから、凪斗を守る。

盾となり、凪斗に今生の終わりまで、おのれのすべてを捧《ささ》げきる。

かつて警視庁《けいしちょう》に籍を置き、そのもっとも正義に近いはずの場所で、闇を知った。抜け出せない闇に苦しめられて、四年前、やくざの護衛へと身を堕《お》とした。

生きる意味を見失っていた自分の心に、凪斗は痛いほどの熱を与えてくれた。

生きることとは、命を燃やすことだ。

死ぬことは、命を燃やしきることだ。

自分が信じられるもののために。

＊＊＊

美しく折り上げられた格天井が、頭上に広がっている。

岐柳本宅の応接間。重厚な書院造りの空間には、天井から降ってくる檜《ひのき》の香り、畳から立ち上るいぐさの香り、床の間の白磁の壺《つぼ》に活《い》けられた寒椿《かんつばき》の香りが、淡やかな層をなして沈殿している。

座卓を挟んで、下座には凪斗と角能、上座にはふたりの年嵩《としかさ》の男がいる。

がっしりした体軀に丹前を纏い、螺鈿《らでん》細工の施された脇息《きょうそく》に右肘《ひじ》を預けている男は岐柳組当代・岐柳久禎、凪斗の父だ。体調が優れないせいもあってか、髪は七三で白が勝っている。

そして控えるように後方に座しているのは、久禎の懐刀《ふところがたな》と称される桜沢《さくらざわ》だ。こちらは五十代なかば、痩身《そうしん》を三つ揃《ぞろ》えのスーツに包んでいる。

久禎はその威圧的ともいえる貫禄《かんろく》のなかに飄々とした空気を孕《はら》んでおり、逆に桜沢は洒脱《しゃだつ》な外見とは裏腹な不動の仁義を秘めている。

こうして見れば、初めから陰陽の印の黒と白のように嚙みあって兄弟となったかに見えるのだが、父がよく酒の席で笑いながらする昔語りによれば、知り合ったばかりのころはよく衝突していたらしい。そうやって小競りあいを繰り返して互いの漢を認め、兄弟盃を交わし、星霜を重ねるうちに自然といまのような一対和合のありさまになったとか。

——角能さんと、こんなふうになっていけたらいいな。

父と桜沢を見ているとき、凪斗はそんなことを思う……もちろん、父と桜沢は、自分と角能のような肉体の関係はないだろうが。

「凪斗」

父が言葉を発すると、部屋に沈んでいた香りがゆらりと動いた。

背筋をすっと伸ばして、凪斗は「はい」と硬い声で返す。美大から帰宅してすぐにここに呼ばれたのだが、部屋に一歩踏み込んだ瞬間から、なにか特別な用件であることは察していた。

「昨日、挨拶《あいさつ》にきてくれた旗島会会長から、おまえへの頼みごとを申しつかった」

「俺への？」

久禎は頷くと、人の皮を剝《は》いで中身を覗《のぞ》くような眸で、じっと凪斗を見た。血縁の贔屓目《ひいきめ》などというものは存在しない。数拍の沈黙ののち、久禎はさらりと言った。

「旗島会系の三沢《みさわ》組と、うちとも縁のある古賀《こが》組が、ここしばらく揉めていたんだが、ようやっと和解の運びになった。そこで、手打盃の仲裁人をおまえに任せる」

凪斗は思わず目を見開いた。横の角能もまた息を呑んだのがわかった。

「手打盃の段取りは、桜沢に聞け。こいつはこれで名の通った仲裁人だからな」

「……待ってください」

乾いた唇から、凪斗は声を絞り出した。

「仲裁は、下手をすれば組同士のあいだがさらにこじれることになります」

「ああ。不手際でもあろうもんなら、血の雨が降るだろうよ」

「そんな重大なこと、俺なんかが――」

「俺なんかが、だと？」

久禎の声は一転して、重い粘り気を帯びた。半眼に見据えられる。

「凪斗。おまえは二ヶ月後には岐柳組四代目になる。だがな、いまの若頭ってのだって、お嬢さんの腰掛けじゃねぇんだ。岐柳組若頭としてきっちり裁きをつけて、渡世に名を刻んでこい」

睨《にら》まれて、凪斗は身動きできなくなる。背筋のまんなかを冷たい汗が伝い落ちる。

と、角能が口を開いた。

「若頭の補佐として、差し出がましいことを申します」

久禎の視線が横へとそれて、凪斗の閉じかけていた気道が開く。思わず、咳《せ》き込みそうになる。まるで、大蛇に巻きつかれていたかのように身が軋《きし》んでいた。

これが、岐柳の大蛇なのだ。

自分はこんな恐ろしい男の跡目を継ごうとしているのだ……。

角能は久禎の険しい眼差しを受けながらも、真っ向から意見する。

「たしかに若頭は、そろそろ渡世に名を知らしめる必要があります。しかし、段階を順に踏まなければ、いたずらに潰すことになりかねません。今回は桜沢さんに無理をお願いできはしませんか」

久禎の目がすっと細められた。

「角能、極道ってのは青信号をお手々引かれて渡って育つもんじゃねぇ。追い詰められたどん底で本気になって、てめぇの剝き出しの魂《たま》を相手の魂に叩き込むことでしか、育たねぇ。そしてそれが、この世界で通用する絶対の説得力ってぇもんだ」

いまさらながら、凪斗は理解する。

自分はテストを受けるわけではないのだ。そんななまぬるい次元ではない。

互いに折れない意地を折って手打盃の儀に臨む極道者たちの仲裁に失敗すれば、双方の組織からの恨みを一身に受けることになる。そうなれば、命の保証はない。

失敗するもしないも、命を落とすも落とさないも、組長となって組をまとめられるもまとめられないも、すべてはおのれの責任として負わねばならないのだ。

「若頭、むこうの間で、手打盃の段取りをお教えします。概略だけでも先にわかっていたほうが安心でしょう」

桜沢に促されて、凪斗は立ち上がる。

と、下がろうとする凪斗の背を、久禎の声が打った。

「手打盃の前に、おまえの籍を岐柳に移しておく。いいな」

凪斗は振り返らずに頷き、唇を噛み締めた。

名字が変わることは覚悟していた。それでも円城凪斗として暮らしてきた日々を思えば、目の奥が熱く痛む。

弱った心を父に見透かされないように、無理に背筋を伸ばし、顎《あご》を上げる。意地を張っているというより、弱っていると知られたら父子であろうと、あの大蛇は容赦なく項に牙を突き刺してくるように思えたからだった。

背後で角能が応接間の襖を閉めると、緊張の糸がぷつりと切れた。身体が傾《かし》ぎそうになる。

角能がさっと手を伸ばし、背を支えてくれる。

その頼もしい手が肉体を抜けて、魂までも支えてくれているように感じられた。

小鉢のなかの、やわらかく煮込まれた濃い黄土色の野菜にいつまでも箸《はし》をつけないでいると、祖母に叱られた。

「好き嫌いは駄目でしょ。南瓜《かぼちゃ》は栄養があるんだから、ちゃんと食べなさい」

「一昨日も南瓜、食べたのに」

凪斗は箸で茶碗《ちゃわん》にこんもりと盛られた五目飯をいじりながら文句を言う。

「角能さんが美味《おい》しいって言ったからって、祖母ちゃん、調子に乗りすぎ…」

「甘すぎない品のいい味付けで、美味《うま》いぞ」

横で角能がよけいなことを言う。

「ほらほら、凪斗も食べなさい。そしたらちょっとは角能さんみたいな立派で大きな男の人に育つかもしれないわよ」

もうすぐ二十一歳になろうというのだ。成長期は過ぎているから、百七十三センチが百八十七センチになることはあり得ない。けれど、

「最近、食欲落ちてるでしょ。ちゃんと食べてちょうだい」

心配そうな視線を向けられてしまえば、食べざるを得ない。

凪斗は仕方なく、南瓜を口に運んだ。粘土みたいなモソモソとした歯ざわりのものをろくに嚙まずに、ごくんと飲み込む。食べ物の好き嫌いはほとんどないが、南瓜はどちらかといえば苦手な部類だ。

それなのに角能が好物だからといって二、三日に一度は食卓に並ぶから、苦手に拍車がかかっていた。

生姜《しょうが》のよく効いた鳥の竜田揚げで口直しをしていると、祖母がそっと箸を置いた。

そして改まった表情で角能に尋ねた。

「角能さん、この子はこれから先、やっていけますかしら？」

なにも食事の席でそんな話を切り出さなくてもと思うけれども、祖母の心配は痛いほどわかる。生まれてからずっと一緒に暮らしてきたし、三年前に凪斗の母が亡くなってからは、自分しか凪斗を守る人間はいないのだと気負ってきたのだ。凪斗が岐柳組四代目になることを告げたとき、祖母は泣いた。その涙は、凪斗にとっても、重くてつらいものだった。

祖母は去年の夏に体調を崩して入院したのだが、検査の結果、大したことはなかったらしい。とはいえ、かなりの量の薬をいまも服用している。心にも身体にも負担がかからないように、できるだけ極道絡みの話を聞かせたくないが、こうして岐柳家の敷地で寝起きしている以上、自然と耳に入ってしまうことは多い。

「来週、なにか難しい仕事をしなければならないそうですけど、ちゃんと務まるんでしょうかねぇ…」

桜沢から仲裁の儀式の方法や細かな注意点などはしっかり教え込まれたものの、それを行儀よくなぞるだけでは説得力に欠ける。

いくら岐柳組が関東屈指の組織であるとはいえ、二十歳そこそこの若造が仲裁人を務めるということで、仲裁を受ける組織関係者たちはずいぶんと軽んじられたものだと鼻白み、すでに心証を悪くしている。また、岐柳組内部や他組織の幹部から三下までも、「岐柳組四代目となる素人上がりのお手並み拝見」と厳しく注視している。

「ご心配はわかります。しかし、後継者として務まると踏んだからこそ、凪斗くんの父上は彼を指名したのです。何百何千という人間を見てきた人の目に狂いはありません。大丈夫ですよ」

まるで堅気の企業の話でもしているように語るのは、角能なりの優しさだ。

祖母の眸の張り詰めた光がゆるむ。

「角能さん、私ができることは、もうほとんどなくなります。どうかこの子のことを、よろしくお願いしますね」

祖母の想いの籠もった頼みごとを、角能は真摯《しんし》な面持ちで受ける。

……明日、凪斗の戸籍変更の手続きが取られることを、祖母は知っている。

円城凪斗から岐柳凪斗へ。


その夜、凪斗は角能にセックスをねだった。

角能は円城凪斗という人間を、求め、苛《さいな》み、愛してくれた。

心と身体が極まった、至福のその時に。

凪斗は円城凪斗という名を、心の奥底にそっと眠らせた。

2

二月初旬の吉日。

三沢組と古賀組の手打盃の儀が執りおこなわれる運びとなった。

凪斗は本宅の居間にて紋付の羽織袴《はかま》姿で端座し、「よくよく務めてまいります」と父に告げると、静かに立ち上がって部屋を辞した。重厚な本宅の空気の圧が身を締めつけてくる感覚が心地いい。

昨夜は緊張のあまり布団に入ってもなかなか眠れず、角能から宥める口付けをたくさんもらって眠りについたのだが、今朝すっと瞼を開けたときには「岐柳凪斗」へと完全にスイッチが切り替わっていた。

不思議なぐらい気持ちが据わっている。身体の芯に熱があり、それでいて頭のなかは静かで鮮明だ。

玄関では、角能尭秋が黒いスーツ姿で控えていた。黒髪を後ろに流して整え、いつにも増して鮮やかで頼もしい様子だ。差し出されたその大きな手に手を載せて、凪斗は白足袋の爪先を雪駄の白い鼻緒へとくぐらせる。

わずかに指を絡めてから、角能の手を離す。

玄関の戸が横にからりと曳《ひ》かれる。

渡世への険しい一歩を踏み出す凪斗の心を映すかのように、今日の空は蒼《あお》く冴《さ》え冴《ざ》えと澄んでいた。

盃事の場は、岐柳組が所有するホテルの宴会場に設けられた。

桜沢も駆けつけ、最終的なチェックをしてくれる。

床の間には昔の字の並びである右横書で「和合神」としたためられた書が貼られている。祭壇には、ふた振りの刀と、背中合わせの鯛《たい》、徳利《とっくり》と盃が並ぶ。部屋を縦に分断するかたちで屏風《びょうぶ》が並べられているのは、仲裁される双方が初めはじかに顔を合わせないようにするためだ。

「儀式というものは、当人たちの魂に響かなければ意味がありません。反目しあってきた者同士、これから先にも一触即発の空気になることもありましょう。その時に手打盃の儀が思い出され、あの仲裁人の顔を潰したくないと踏み止《とど》まらせる。それがこの盃事の意味のひとつだと、そう浅慮して、務めてまいりました」

桜沢の言葉には、これまで幾多の人と人、組織と組織の仲を仕切りなおしてきた人間ならではの、自然な重みがあった。

午後になり、時間どおりに三沢組と古賀組の人間が集まったところで、手打盃の儀は始められた。

屏風で部屋を縦に割ったまま、凪斗は口上に入った。

「このたびの抗争の手打ちは岐柳組、岐柳凪斗の仲人によりまして、双方五分の扱いで手打ちと致します。仲人の顔に免じて、以下どんな事情がありましても、扱いはあくまで五分です……」

口上が進むに従って、たかが二十歳の若造と侮る空気は、式場から徐々に払拭《ふっしょく》されていく。

年若さゆえに重い風格というものは欠いたかもしれない。しかし、凪斗の凛然《りんぜん》としたいずまい、潔い所作、涼やかな声に、場に臨んだ極道者たちの心は鎮められた。

凪斗が和解の意思を確認すると、双方から「結構です」という返しがくる。

屏風が取り払われたのち、盃が交わされ、ふた振りの刀はひと括《くく》りに、背を向けていた二匹の鯛は腹合わせにされる。

使われた盃は預かりとして、凪斗の懐に仕舞《しま》われた。

つつがなく儀式が進み、このまま大団円といくかと思われたときだった。

廊下のほうで突如、怒声があがった。

次の瞬間、襖がバンッと開かれて、ダークスーツ姿の男が式場に乱入してきた。ひとりではない。ほかの襖も蹴《け》り外され、どかどかと五、六人が押し入ってくる。銃を持っている者もいれば、すでに赤く染まった匕首を握っている者もいた。

付近に座していた者たちが一斉に乱入者に飛びかかる。儀式の前に厳重に懐改めをしたため、列席者は誰も護身の武器ひとつ持っていなかった。

凪斗はバッと立ち上がると、羽織を脱いだ。

と、床の間に近い奥の襖が開かれ、また新たに三人が飛び込んでくる。凪斗はみずから乱入者たちのほうへと走った。幸い、三人とも飛び道具は持っていない。

角能がひとりの鳩尾《みぞおち》を蹴り飛ばした身を翻して、もうひとりの首筋に手刀を叩き落とす。凪斗もまた手にした羽織を三人目の暴漢の、匕首を握った右手に巻きつけて凶器を封じて跪《ひざまず》かせ、背後から頚《けい》動脈《どうみゃく》を押さえて落とした。角能に日々叩き込まれてきた体術のままに、身体は自然と動いた。

「あんなケツの青いガキに仲裁かまされよって、恥を知らんのかぁ、われぇっ!!」

部屋の一角で羽交い締めにされている男が怒鳴る。関西弁だ。

――岐柳組《くみ》と与する古賀組と、旗島会系列の三沢組が結託することを面白く思わない関西の組織といえば……熾津組か？

推測に気を取られ、乱入者のひとりが拘束を撥《は》ね退《の》けて走り寄ってくるのに気づくのが、一瞬遅れた。

ハッとしたときには、一メートルほどの距離に匕首が迫っていた。

「凪斗っ」

角能の強い声。同時に肩を摑まれて、がくんと身体が後ろに引かれた。凪斗の前には角能の腕が斜めに翳《かざ》されていた。

男がふたたび取り押さえられる。乱入者たちは、岐柳組・三沢組・古賀組の若衆たちによって、式場の外へと連れ出された。

「角能さん？」

凪斗の肩を抱いていた腕を外すと、角能は自身のネクタイをほどき、それを手にきつく巻いた。見れば、手の甲には匕首が突き立っていた。刃の入り具合からして、おそらく貫通しているのだろう。

「すぐ病院に…」

「構うな。抜くと出血するから、このままにしておく。式を進めろ」

痛くないはずがないのに、角能はほとんど無表情な横顔でそう言った。

凪斗は青褪《あおざ》めた顔で、式場を見まわした。粛然としていた空気はすっかり色めきだち、若衆たちが外された襖をガタガタと立て直している。

「でも、こんな状態なら、日を改めて仕切りなおしにしたほうが」

角能の負傷で動転し、凪斗は二十歳の美大生に戻りかけてしまっていた。そんな凪斗に、角能が鋭い視線を向けてくる。

「綺麗にまとまった儀式より、これだけの波乱を呑み込んで誓われるもののほうが、心に刻まれる。この機を逃すな」

これをケチがついたとするか、好機として生かすか、こちら次第だということか。

――大切なのは魂に響かせることだって、桜沢さんも言ってた。

凪斗は唾《つば》を飲み込んで、心を決める。

そこに、別室で控えていた桜沢が騒ぎを聞きつけて、様子見にやってきた。このまま手打盃の儀を進めたいと告げると、桜沢は驚いた顔をしたのち、鋭い目を少し嬉しげに細めた。

「ご一同」

凪斗は羽織なしの袴姿できっちりと正座をし、声を張った。

「今日の吉日、皆々様はご自身の気持ちにけじめをつけて、この儀に臨まれたことでしょう。すでに、盃は交わされています。たかが無粋者に妨げられたぐらいでは、この盃事は揺るがないはず。このまま最後の手打ちまで運びたい所存ですが、ご異存ある方はおられますか」

言い回しにいくぶんの軽さはあったかもしれないが、凪斗の言わんとすることは伝わったらしい。異議を申し立てる者はいなかった。

それぞれが自身の座に戻る。

「では、これより和解状を読み上げさせていただきます」

凪斗は一音一音に魂を砕き入れるようにして、言葉を発した。

いったん掻き乱された男たちの気が少しずつ、波打ちながら凪《な》いでいく。

列席者たちが酒で濡らした手を十回打ち鳴らして儀式を終えるころには、凪斗は頭の芯が痺れるほど疲弊してしまっていた。

それでもなんとか気力を振り絞って双方の組の者たちを見送った。

そののちに角能が病院にいくのに付き添ったのだが、彼がなにごとか深慮に耽《ふけ》る様子で始終言葉少なだったのが気にかかった。

角能の左手には、新たな縫合痕《あと》が刻まれた。以前にも彼は凪斗を守るために腹部に銃弾を受けて、命を落としかけたことがあった。自分の想い人が傷つくのは、自分自身を傷つけられるより、つらい。

しかし、そんな痛みとは裏腹、凪斗の初めての仕事ぶりは波乱のおかげでかえって印象的に渡世で噂《うわさ》され、評価された。

岐柳凪斗は年こそ足りないが、なるほどあの岐柳の大蛇の血を受け継いだ、なかなか見所のある人物のようだ。

また、主《あるじ》を守って匕首に手を貫かれたまま最後まで列席した補佐役の角能尭秋という男も、いまどき少ない漢ぶり。

いたずらに軽んじるのは控えて、ここはひとつ様子を見るべきだ、と。

凪斗は離れの自室で、砂壁に立てかけた一枚の絵を凝視していた。

高さ七十センチ幅五十センチほどの、岩絵の具を用いた絵はいわゆる抽象画の部類で、物理的になにが写しとられているわけではない。

暗い色や濁った色、かと思えば輝かしい琥珀《こはく》色や恥ずかしげな桜色も載せられている。色はそれぞれ丸く波紋を拡げ、奥の闇へと溶け崩れていく。そして、その表面には赤と白の飛沫《しぶき》がねっとりと散っている。自分と角能、ふたりぶんの熱を孕んだ体液の色だ。

ここに描かれているのは、凪斗が辿った不器用な「初恋」のすべてだった。

角能尭秋という男に対して抱いた想いが、文字で綴《つづ》る日記よりも仔細《しさい》に塗り籠められている。

「また、その絵を見てるのか」

開け放してあった襖から部屋に入ってきながら、角能が呟く。

「……ちょっと、息抜きしてただけだよ」

「その資料、目を通し終わったか？」

座卓に拡げられているファイルを、角能が横に膝をついて覗き込んでくる。そして難しい顔をした。

「あまり進んでいないようだな」

ファイルは、岐柳組傘下のホテルや不動産会社、ファイナンス会社といった、いわゆる舎弟企業の情報がまとめられたものだ。岐柳組はこうした表の事業にも力を入れているため、資料は膨大だ。

「表稼業のほうは、桜沢さんのところの久隅《くずみ》が陣頭指揮を取ってくれてはいるが、四代目が把握していなかったら、話にならないぞ」

「わかってるってば」

角能の苛立《いらだ》ちを孕んだ物言いに、凪斗も尖った声で答える。

手打盃の儀を終えてから、こうした小さな衝突が増えていた。

というのも、あの式場に乱入してきたのはやはり関西の熾津組の者たちで、それにより熾津組と岐柳組の対立が表面化したからだ。そもそも岐柳組が懇意にしている旗島会と熾津組が大阪でカチコミの泥仕合を演じていることもあり、血なまぐさい気配がぷんぷんしている。

熾津組が来月に岐柳組四代目となる凪斗の命を狙《ねら》っているという情報もあり、角能はひどく神経質になっていた。

自分を守るために角能がピリピリしているのはわかっているものの、凪斗とて美大に通うことも禁じられ、岐柳家の敷地に封じられている状態が半月も続けば、ストレスが溜まるというもの。

加えて、ここのところ祖母の体調が悪く、一昨日から検査入院していることも、気持ちを不安定にさせていた。

角能が苦いものでも嚙み締めているかのような横顔を晒す。

「ガキのお遊びが通用する世界じゃない。普段からもっとシャンとして、周りを安心させてくれ」

「……っ」

凪斗のなかで、小さな爆発が起こった。厚いファイルをバンと閉じて、角能を睨む。

「そうだよな。俺がずっと、俺じゃないほうの俺だったら、誰もなにも文句はないんだよなっ」

「だから、そういうガキみたいな反応をするな」

鬱陶《うっとう》しそうな口調で言われて、不安がぐっと増した。

……手打盃の儀からこちら、角能とセックスをしていなかった。

これまでは三日に一度は、凪斗が抵抗しようがかならず身体を繋げてきたのに、同じ布団に入ってこようとすらしない。

角能もまた、凡庸なほうの凪斗をいらないと感じるようになったのではないか？

そう思うと、甘えたくて仕方ないのに、自分から横に敷かれた角能の褥《しとね》に入っていくこともできない。


心も身体も、寂しい。

岐柳凪斗としての初めての仕事を、角能の支えもあってやり遂げたものの、いや、あちらの凪斗の評価が上がったからこそ、なおさら心許ない感覚に襲われる。

その心許なさは悪夢となって、かたちを持つ。

夢のなかで、凪斗は薄い氷のうえに立ち竦《すく》んでいる。

自分が立っている場所を中心点にして、氷がピシピシと蜘蛛《くも》の巣状に罅《ひび》を走らせていく。

足場が頼りなくぐらつき、薄氷が崩れる。神経が死んでしまいそうな冷たい海へとどぷりと落ちる。

慌てて水上に顔を出そうとするのに、気づけば頭上には分厚い氷が張られていて。

戻れない。

「——!!、——」

必死に氷を拳《こぶし》で叩く。唇から溢れる気泡。体内の酸素が失われていく。

いつの間にか、氷のむこうにダークスーツを纏った男の姿が滲んでいた。氷上に佇《たたず》む美しい男は、その闇を凝《ここ》らせた無表情な双眸で自分を見下ろしている。

冷たい海——岐柳凪斗という底知れぬ大きな意識に、二十歳の青年にすぎない凪斗の意識が溶けて消えていく……………そんな悪夢を、ひと晩に何度も見るのだ。

くだらない夢だと角能本人に否定してほしいのに、万が一にも正夢だったらと思うと、不安を打ち明けることもできない。

だから、なけなしの安心を得たくて、「初恋」と名づけた絵を時間も忘れて見つめてしまう。

たしかに角能は凡庸な凪斗のことも好いてくれた。

いまはちょっと行き違っているだけなのだ。きっと……きっと。


その晩、凪斗はまた冷たい海に閉じ込められ、溶かされる夢を見た。

ハッと目を開ける。本当に氷の下の海に閉じ込められていたかのように、肌は強張り、冷たい汗にしとどに濡れていた。

行灯《あんどん》の絞られたか細い光を頼りに横の布団の角能へと縋《すが》る視線を向けたが、彼はこちらに背を向けて眠っている。広い背中が拒絶の壁のように思えた。とても揺り起こして甘えることなどできない。

凪斗はもぞりと褥から身を起こすと、足音を忍ばせて角能の枕元を過《よ》ぎり、部屋を出た。

隣の間に抜け、襖を閉じて、肩を落とす。

汗でなかば肌に張りついている寝巻き代わりの襦袢が、二月中旬の真夜中の鋭い冷気を吸う。

光の気配にぎこちなく顔を上げれば、障子窓の連なる四角が月明かりを薄《う》っすら通していた。

凍える足で光に寄り、障子を横に滑らせる。氷のようにすべらかな窓ガラスのむこう、丸い月が闇に煌《きら》めいていた。恒星の照り返しによって生み出される白銀の光は頼りなくて、地上に届くころには青白く掠れてしまう。

凪斗は窓辺を離れると、夜の川の漣のごとき畳の床へと膝を落とした。

そうして、壁に立てかけられた絵と間近に向きあう。

薄闇に沈む「初恋」のひとつひとつの色の波紋に、角能尭秋という男を、そして角能に向けた自分の想いを見つける。

角能は凪斗のなかの二面性に気づき、その両方を愛してくれた。

角能との関係は凪斗にとって奇跡にも似た、深い充足感を覚えるものだった。

抱き締めてくれる強い腕。重なる唇の感触。圧し掛かってくる重い身体。体内に通される痛みと熱。

快楽。それらがもたらす、心強い自己肯定の念。

「ふ…」

身体の芯も表面も震えていた。とても寒くて――熱い。

凪斗は正座を崩して、右脚だけ膝を立てた。白緑《びゃくろく》色の地に扇が描かれた襦袢の裾が乱れ、そこからぞっとするほど冷たい夜気が這い込んでくる。冷たさのぶんだけ、下肢が孕んだ熱がくっきりと自覚された。

もう二週間、角能に触れられてもいなければ、自慰もしていなかった。

そろりと手を腿の内側に忍ばせる。下着はつけていないから、熱く腫れた器官がじかに指に触れた。潤んだ目で絵を見ながら、凪斗はそれを握り込む。頭のなかで自分の手を角能の手に置き換えたとたん、大量の先走りが溢れてきた。

くちゅっ…ぬちゅっ…。濡れた肉を扱《しご》く音が意外なほど大きく、暗い部屋に響く。

深夜でも、敷地内に不審者が侵入していないか、若衆が見回りをする。もしもいま、開けられた障子窓のむこうを通られたら、まるで絵を受け入れたいみたいに汗ばむ腿を開いている姿を見られてしまう。障子を閉めようと思うのに、手指の動きが止まらない。

「ん、ぁ……」

前だけいじるのでは足りなくて、凪斗は左手も下腹へと這わせた。右手で陰茎とその下の膨らみを持ち上げ、左手の指先を熱くなっている後孔の口に置く。角能に抱かれるようになってからは自慰をすること自体なくなっていたし、角能と出逢《であ》う前は、自慰でこんな場所をいじるなど想像したこともなかった。

なんだか情けないような、いたたまれない気持ちになりながらも、小さな窄《すぼ》まりをくにくにと揉んでみる。

「角能さん」

白い息を吐きながら無意識のうちに呟くと、たまらない疼《うず》きが下肢全体に重く拡がった。角能に開くことを教えられた蕾《つぼみ》がわななきながら綻《ほころ》び、指先にしゃぶりついてくる。その感触はあまりになまなましくて卑猥だ。

――角能さんの、指を……あそこを、こんなふうにしてるんだ……いつも……。

激しい羞恥《しゅうち》に頬を火照らせながらも、粘膜の蠕動《ぜんどう》に導かれるまま、指が呑み込まれていく。右手は開閉を繰り返して、双玉と茎を揉みしだく。

「や……角能さん――」

まるで角能に無体をされているかのように非難めいた声で呟く。

自分のほっそりとした指一本では足りなくて、もう一本指先を蕾に押し込んだ。くっと襞《ひだ》が拡がる感触に、腰が跳ね上がる。

体内の浅い部分を捏ねながら、茎の段差をなぞり、先端を摘まむようにして小さな溝を潰す。自分でやると、きつすぎる快楽を避けてしまって、もどかしい。

畳の目を足の爪先でカリカリと引っ掻きながら、凪斗は自身を苛んだ。

目も唇も下肢も、だらしなく潤みきる。

快楽が昂《たか》ぶるほど焦点が合わなくなって、絵に塗られたさまざまな色が重なりあっていく。重なり重なり重なり……。

「あっ、ぁあ！」

すべての色が混ざって視界が無彩色に落ちたのと同時に、ヒクッと全身が跳ねた。

重ったるい粘液がなにかに叩きつけられる淫靡《いんび》な音がかすかに耳を打つ。

白い光の線が、上から下へとゆっくりと絵に描き足される。一本ではない。四本ほど、太さの違う線が。

それが、自分の放った精液だと気づくまで、かなりの時間がかかった。

凪斗はまだときおり痙攣《けいれん》する体内から指を引き抜くと、慌てて、襦袢の裾で白い線を拭《ぬぐ》っていく。

「なに……してんだろ」

大切な絵をこんなふうに汚すなど、どうかしている。

絵を綺麗にしてから、悄然《しょうぜん》と立ち上がった。

ぬるぬるとした体液に塗《まみ》れてしまった襦袢を着替えたいが、替えは寝室の箪笥《たんす》に入っている。それを取りにいこうとした凪斗は、襖が少し開いていることに気づく。

角能の眠る寝室との境にある襖をきちんと閉めないまま、声を出して自慰をしてしまったのだ。

しばらく襖の前で、ひとりで赤くなったり蒼くなったりしたあと、凪斗はそおっと寝室に入った。

角能は相変わらず、凪斗の布団に背を向けるかたちで寝ている。どうやら気づかれなかったようだとホッとする。

襦袢を着替え、トイレで下肢を綺麗にしてから、布団にもぐり込んだ。角能に背を向けて横になったけれども、落ち着かなくて寝返りを打つ。男の広い背中を眺めながら、凪斗は自分では満たしきれないせつない劣情を燻《くすぶ》らせたまま、浅い眠りへと落ちていった。

＊＊＊

「……そうですか」

病院から岐柳本宅へと車を走らせながら、角能は握っているハンドルを、右、左、右と順に握りなおした。

そうして気持ちを整えてから、後部座席の初老の女性に告げる。

「セカンドオピニオンのための病院を探しておきます。医者によって診断結果が違うこともありますから」

けれど、バックミラーのなか、女は首を横に振った。

「去年の夏にも、腫瘍《しゅよう》の状態や手術の説明をきちんとしてくださった先生の診断ですもの。間違いはないと思います。先週の定期検診《けんしん》で引っかかったときに、覚悟はしていました。それに本当のところを言いますと、こうなる予感がどこかにあったんですよ」

彼女は堅くて静かな表情をしている。

角能は口惜しさに、奥歯を噛み締めた。

彼女――凪斗の祖母は去年の夏に、腫瘍の摘出手術を受けた。手術は成功し、予後の定期検診も順調にきていたはずなのに、今回の検診で肺と肝臓、リンパ節に転移が発見されたという。手術で取りきれるものではなく、抗癌剤《こうがんざい》治療しか打つ手はない。

岐柳宅での生活や、可愛い孫の置かれた厳しい現実がストレスとなり、彼女の免疫力を弱めさせたのではなかったか。検査入院が決まってからというもの、もっと彼女のストレスを減らす方法を模索してこなかった自分を、角能は責めた。

凪斗のまっとうな面は、この祖母によって育まれた部分が大きいのだろう。数ヶ月間、同じ屋根の下で寝起きをし、彼女の優しい味わいの手料理を相伴させてもらってきたからこそ、それがわかる。

自分の愛する人の家族を、ごく自然に大切に思うようになっていた。

それにもしかすると、自分の親が生きていれば凪斗の祖母とさして変わらない年だということも、慕わしさの一因になっているのかもしれない。

……角能は大学入学と同時に実家を出て、卒業後はそのまま警視庁の寮に入った。いつでも帰れるからと千葉《ちば》の実家には年に一度も寄らずに過ごしていたのだが、社会人二年目の秋、実家が火災に遭って、両親とも亡くなった。兄弟もなく、それからは家族という単位から切り離されて生きてきた。けれど、岐柳の離れで、凪斗と凪斗の祖母と暮らすようになり、そういえば家族とはこんな雰囲気のものだったと、昔を懐かしく思い出すことも増えていたのだ。

「ねぇ、角能さん」

彼女は感情を抑えた声音で言う。

「凪斗には、このことをもうしばらく黙っていてやってほしいんです。せめて、来週のあの子の誕生日が終わるまでは……本当に、自分が情けない。背負いきれないものを背負うことになってしまったあの子に、私のことでまで心配をかけさせないとならないなんて」

言葉の最後は堪える嗚咽《おえつ》に乱れていた。

角能はハンドルを強く握り締めた。

「凪斗くんが試練を越えていけるように、俺が守り支えます」

でもそれには、凪斗自身にも育ってもらわなければならない。

とはいえ、人が育つというのは本来、時間のかかるものだ。

その時間を圧縮するのは容易なことではない。

岐柳久禎の言ったとおり、ただ手を引いて可愛がるだけでは駄目なのだと、手打盃の席で痛感した。

自分がその場にいなくても、最善の策を取れるように凪斗を育てなければならない。

……抱くと、どうしても凪斗に甘くなってしまうのを自覚している。だから、しばらくはおのれの欲求を捻《ひね》り殺すつもりだ。

四代目を襲名するまでに、少しでも凪斗の器を大きくしておきたい。そのためには、厳しく接する期間が必要なのだ。

後部座席の女性が晴れやかな顔で孫に会えるように、角能は少し遠回りしてから岐柳家の敷地へと車を滑り込ませた。

＊　＊　＊

「祖母ちゃん、またレシピ作りしてるんだ？」

凪斗は夕食後に祖母の部屋にいき、炬燵《こたつ》に脚を突っ込んだ。

せっせとボールペンをノートに走らせながら、祖母がやわらかな表情で言う。

「凪斗にいい人ができたら、参考にしてもらおうと思ってね」

「参考って、そんなの直接教えればいいじゃん」

昨日、祖母が検査入院から帰ってきた。去年の夏と同じように、精密検査をしてみたところ、特に異常はなかったという。安心したものの、体調が思わしくないのは確かなのだろう。

凪斗はずっと祖母と母とともに暮らしてきた。母が働きに出て稼ぎ、祖母はパートをしながら実質的には母親の役割をしてくれていた。

「日本の女の人の平均寿命は八十六歳だってさ。祖母ちゃんもあと二十年あるよ」

自分を安心させるためにも明るい声でそう言うと、「二十年は長いわねぇ」と祖母が笑う。

こうしていると、安堵《あんど》に身体が温かくなる。

角能は相変わらず、「資料を読め」「身体を鍛えろ」と不機嫌顔だ。セックスどころかキスもしてくれない。

ちょっと暗い顔をしてしまっていたらしい。

気がつくと、祖母が老眼鏡で大きく見える目を凪斗に向けていた。

視線が重なったまま、なにか変な沈黙が落ちてから。

「来週の誕生日には、凪斗の好物をいっぱい作ろうね。ハンバーグとマカロニグラタンと鳥の唐揚げと……もちろんケーキも焼かなくちゃねぇ」

たしかにどれも大好物だが、角能にガキだと思われそうなラインナップだ。

「祖母ちゃん、もうちょっと大人っぽいのも、なんか作ってよ」

「大人っぽいものねぇ」と小首を傾げてから、祖母はくすりと笑った。

「じゃあ、南瓜の煮物でも作ろうかしらね」

粘土みたいな舌触りを思い出して、凪斗は思わず口をへの字にする。

「それはいらないから」

3

凪斗は桐《きり》の箱を開けると、絹布《けんぷ》に埋まっている長物を両手で掬い上げた。

雲龍《うんりゅう》の彫りを施された鞘《さや》から、すらと刀身を抜く。

実戦可能に研ぎ澄まされた刃には、青白い光が宿っている。持つ角度をわずかに変えただけで、ぬめる蛇腹のように光が蠢く。

嵌められた鍔《つば》には、乱れ飛ぶ雲が透かし彫りで逆巻いている。

寒気がするほど美しい日本刀だ。

眺めていると、自分のなかの蛇性が舌なめずりして、とぐろから身を起こしそうになる。

「極上品には違いないが、ずいぶんと物騒な誕生日プレゼントだな」

横に座る角能が言う。

この刀は、今日、二十一歳の誕生日の祝いにと、父から贈られたものだった。

「普通の刀より少し長さがあるから、使いこなすのには練習が必要だな」

凪斗は刃を鞘に滑り込ませると、床の間に据えられた唐塗りの刀置きに日本刀を渡し置いた。

「別に使いこなせなくていい」

最近、角能との会話は極道絡みのことばかりだ。相変わらず、甘い抱擁《ほうよう》すらない。自分から甘えればいいのかもしれないが、これが初めての恋愛経験である凪斗には、なかなか難しい。それになにより、軟弱を禁じる険しい空気を角能は発していた。

「お飾りじゃ意味がないだろう」

刀のことを言ったとわかっている。でも暗に自分のことを言われたような気がして、凪斗は眉をくっと上げた。

「俺なりに、ちゃんとやろうとしてる」

角能が光沢のない黒い眸を向けてきた。

「ガキのテスト勉強か」

「どうして、そんな言い方するんだよっ」

「おまえが甘いと、周りが迷惑する」

「――、俺じゃないほうの俺で、ずっといれば満足なのかよ」

「あのぐらい、いつも腹を据えていてほしいのは確かだ」

一番……一番、否定してほしいところを角能が否定してくれなかったことに、凪斗はショックを受ける。角能はどちらの自分も認めて愛してくれていると思ったのに。

凪斗はバッと立ち上がった。

「あんたのためなんかに、刺青を入れるんじゃなかった!!」

少しでも角能が傷つくことを言いたかったのだと思う。口走ってしまってから、胸が焼けるように痛くなった。

部屋を飛び出して広縁に出たところで、庭にいた祖母に声をかけられた。

「凪斗、どうしたの……角能さんと喧嘩？」

襖を開けっ放しだったうえに、角能はともかく凪斗は声を荒げて怒鳴ったから、庭で洗濯物を干していた祖母にも聞こえていたのだろう。心配げに見つめられる。

黙ったまま俯くと、「祖母ちゃんの部屋においで」と優しい声に誘われた。

祖母の部屋の炬燵でほうじ茶を飲んでいると、なんだかふたりで暮らしていたころの穏やかな生活に戻ったような気持ちになる。

「なんか――ずっと、こうしてたい」

弱音を吐くと、祖母が炬燵から立って箪笥の抽斗《ひきだし》を開けた。取り出したのは文庫本ぐらいの大きさの緞子《どんす》で作られた袋だった。朱色の地に白い流水、黄色や水色の菊の花が織り出されている。

「お誕生日おめでとう。これ、祖母ちゃんから」

「あ、ありがと」

なんだろうと飾り紐《ひも》でできた留め具を外して、緞子のなかを覗き込む。なかには通帳と印鑑が入っていた。

「なに、これ？」

「凪斗のために貯《た》めてたものだから、好きに使いなさい」

「えっ、いいよ。金なら祖母ちゃんが好きなもの買いなよ」

返そうとするけれども、祖母は頑《かたく》なに袋を凪斗の前に押し返す。

「お金でなんでも買えるわけじゃないけどね。でも、いざという時に自由になるお金があれば、人生を選べることもあるからね」

よくわからないけれども、その言い含めるような声音には、特別な説得力があった。

凪斗が「……一応、もらっておくけど」と言うと、祖母は微笑《ほほえ》んで、それからなにか躊躇《ためら》うような顔をした。

「あのね。凪斗にお願いがあるんだけどね」

「うん、なに？」

少しのあいだ沈黙してから、祖母は意を決した表情で。

「凪斗が背中に刺青を入れてるって、そういう噂をちょっと聞いてね」

祖母が悲しむと思ったから刺青のことは伏せていたのだけれども、やはり耳に入ってしまっていたのだ。凪斗の刺青は三代目彫滝という、「手彫りの神」と呼ばれている彫り師によって刻まれた逸品で、組の者は誰でもそのことを知っている。

それに、さっき『あんたのためなんかに、刺青を入れるんじゃなかった‼』と角能に怒鳴ったのも、聞かれてしまったのだろう。

「……刺青のことは本当だよ」

俯きながらそう答える。

すると祖母が抑えた声音で言ってきた。

「お願いっていうのはね、それを祖母ちゃんに一度だけでいいから、見せてほしいってことなの」

「え……」

凪斗は動揺した。

自分の刺青は奇怪なうえに、妙になまめかしい。それを祖母に見せるのはひどく気が引けた。

祖母のなかでだけは、昔のままの凪斗でいたい気持ちもある。

「でも、けっこう、グロいっていうか」

「どんなのでも、祖母ちゃんは受け入れられるよ」

「……」

真剣な眼差しは、とてもはぐらかせるものではなかった。

「わかった。見せるよ」

凪斗は炬燵から出ると、祖母に背を向けて畳に正座した。

うえに着ているニットのセーターを脱いでから、ひとつ深呼吸する。長袖Tシャツの裾を摑む。息を止めて、一気にからげて首から抜いた。

広縁を跨《また》いで室内にそそぐ冬の陽射《ひざ》しを素肌に浴びる。

「うえだけで、いい？」

詰まった口調で尋ねると、「ええ…、ええ」と震え声が返ってきた。

孫息子の背でのたくる双頭の黒蛇を目にして、祖母はいま、どんな気持ちでいるのだろう？

二匹の蛇は右腰のあたりで身をひとつにし、いまはジーンズに隠れて見えないが、右の臀部を包んで、まるで凪斗を犯しているように脚のあいだへと這い込んでいる。尾は右脚の付け根をぐるりと半周して、外側で終わる。

彫り師の手によって、皮膚の深部まで針で墨を送り込まれて描かれた、禍々しい生き物。

「もう、いいわ。ありがとう」

祖母のわななく声に、胸が痛くて苦しくなる。

ぎこちない動作でシャツとセーターを着なおす。

振り向くとしかし、予想に反して祖母は泣いていなかった。

やわらかく笑い皺を刻んだ顔で、彼女は言う。

「凪斗はいつも、自分でちゃんと考えて選んで、進んでる。そう信じてるからね」

「祖母ちゃん……」

——自分で考えて、選んで。

凪斗は自分の心を見つめる。

そうだ。刺青を入れるのを選んだのは自分だ。角能を好きになったのも自分だ。蛇性の血から逃げられないと悟り、岐柳組を継ぐと宣言したのも自分だ。

……そのくせ、恋にも組のことにも、腹を括って臨んでこなかった気がする。半分は運命のせいにして、背負うことから逃げてきたのではなかったか。

——これじゃ、角能さんが不安になるのも無理ないのかもしれない。

最近の角能の態度は酷《ひど》いけれども、どこか腹が据わりきらない自分にも問題はある。

刺青のことで詰《なじ》ったことを、無性に謝りたくなってきた。

「ありがとう、祖母ちゃん」

「え、なぁに？　どういたしまして？」

祖母がにこにこする。凪斗もつられて無邪気に笑んだ。

「俺、角能さんにコーヒー淹《い》れてくる。祖母ちゃんも飲む？」

「そうね、頂こうかね」

「うん。ちゃんとレギュラーの美味いやつ、淹れてくるから」

軽くしてもらえた気持ちのままひょいと立ち上がる。

パンッ…。

乾いた音が背後からして、すぐ傍にいた祖母の身体がふっと視界から消えた。

ひとつ瞬《まばた》きをするあいだに、ものすごく長い時間が流れたような気がした。

いまのは、なんの音だったろう？

聞いた覚えがある。

凪斗はのろりと視線を下へと向けた。

「祖母ちゃ………」

小柄な祖母の身体が畳に突っ伏している。

その頭部から溢れる赤いものが、畳の目を縫うように広がっていく。

目の前で起こっていることを、凪斗は理解できなかった。

視覚も聴覚も嗅覚《きゅうかく》も、流れ込んでくる情報を拒んでいる。

膝が壊れたみたいに力を失い、重力のままにくずおれる。膝を温かな赤いものが濡らしていく。祖母の肩を摑む。骨がわかるほど瘦《や》せてしまっている肩。

「祖母ちゃん――なぁ、……祖母ちゃん……なに？　……なんだよ」

「凪斗っ、伏せろ！」

広縁を走ってきた角能が怒鳴る。

角能はそのまま手にした銃を庭へと向けた。立てつづけに二発の発砲音が轟《とどろ》く。直後、くぐもった呻《うめ》き声が庭から聞こえてきた。

組員たちが駆けつけて、不審者を取り押さえているらしい騒ぎが起こる。

けれど、すべての物音も気配も、いまの凪斗からは遠く隔てられていた。

いつの間にか角能がすぐ横に座っていた。祖母の口許に手をやり、首筋の脈に指を添えている。

「なに…してるん、だよ」

まるで死亡確認をしているみたいにされるのが嫌で、角能を突き飛ばそうとした。

しかし、畳に転がされたのは凪斗のほうだった。起き上がろうとするのに、腕が萎《な》えてしまってうまく起き上がれない。身体中が、骨まで震えている。

不安定に揺らぐ視界、ダークスーツの大きな背中ばかりが見えている。

くぐもった低い声で、角能が言った。

「苦しまなかったはずだ」

なにを角能が言っているのかわからない。

わかりたくない。こんなのは嘘だ。現実であるはずがない。

「ぁ…ぁ、ぁ……、……」

悲鳴は口蓋《こうがい》にへばりつき、狭まった気道がたてるヒューヒューという音だけが漏れる。

「凪斗」

闇そのもののような眸が自分を振り返る。

男の逞《たくま》しい腕に抱き竦められながら、凪斗は首を激しく左右に振りつづけた。

違う。こんなのは、違う。


これが、自分が選んだことであるはずが、ない。

＊＊＊

「凪斗は、相変わらずか？」

曇り空の下、山水画を思わせる風情で、庭の池は築山《つきやま》と岩を映し込んでいる。薄墨色に濁った水のなかを緋色《ひいろ》がゆらりと流れたかと思うと、水面浅くに大きな錦鯉《にしきごい》が悠然と姿を現わす。

「閉じ籠もって、食も進みません」

「そうか」

凪斗の祖母が銃撃によって亡くなってから、十日がたっていた。

取り押さえたヒットマンは、あろうことか岐柳組の者だった。素人の凪斗が四代目となることに憤《ふん》懣《まん》やるかたなく、犯行に及んだという。

警察の介入を嫌った久禎は、懇意にしている医師に偽りの死亡診断書を作らせて、凪斗の祖母を病死ということで密葬した。ヒットマンは裏切り者として私刑に処せられた。

凪斗は反乱分子や熾津組から命を狙われる危険性が高く、また取り乱している姿を人目に晒させるわけにはいかないとの久禎の判断により、火葬場に付き添うことも墓地に赴くことも許されなかった。

四代目になると決めたせいで、愛する祖母を悲惨なかたちで失ったのだ。

もうずっと、凪斗の心は危うい状態を彷徨《さまよ》っている。

離れの奥の自室に閉じ籠もり、食事にはほとんど口をつけない。布団に横たわっていても、赤く充血した目を閉じることは滅多にない。そうして人形のように静かにしているかと思うと、ふいに身体を跳ね起こして自身の髪を毟ろうとしたりする。無意識に腕を引っ掻くから、襦袢から伸びる腕は赤い蚯蚓《みみず》腫れで無惨なありさまになっていた。

いくら四代目になる覚悟を決めたからといって、つい半年ほど前まで素人だった青年が気持ちひとつで乗り越えられる苦しみではないだろう。

自身もまた警視庁時代に、尊敬する人を目の前で銃殺された経験を持つ角能は、凪斗の苦しみをなまなましい痛みとともに理解していた。

離れには八十島や折原をはじめとした八十島ＳＳの面々が二十四時間体制で詰めて、警護と凪斗の見張りに当たっている。生粋の構成員は、凪斗と接触させないようにしていた。凪斗の不安定な状態が組内外に流れ出るのを避けるためだ。その点、八十島ＳＳの者たちは警護のプロフェッショナルとしてよけいなことは口外しない教育が徹底しているため安心だった。

それにしても、このままでは凪斗の回復にどれだけかかるか、まったく読めない。

自分の情人の苦しむ姿は、角能の胸を日々、擂《す》り潰した。

「――組長、実は若頭を専門医に診せたいと考えているのですが。睡眠剤や精神安定剤で底上げして、回復に持っていくべきではないかと」

「そんな底上げをしないと使い物にならないのか、あれは」

その声は息子を案ずる親の声ではない。

角能は横に佇む男を見た。久禎の半眼は濁った池の面へと向けられている。見えない底までも見通すような目だ。

「いえ、そういうわけでは……ただ来月の代目襲名式に本調子で臨むために――」

角能の取り繕う言葉に、久禎は声を押し被《かぶ》せた。

「脱皮できない蛇は死ぬ」

「……」

「脱皮ってやつはなぁ、命懸けで当たり前だ。内側に新しい脆《もろ》い身体を作って、古い皮から死に物狂いでもがき出るんだ。どんな凶悪な毒蛇だろうが毒蜘蛛だろうが、脱皮のときばかりは弱りきる。そこを生き抜いたやつだけが、ひとつ大きくなれるってぇわけだ」

岐柳の大蛇もまた命懸けの脱皮を繰り返して、ここまできたのだろう。

「とことん堕ちた果てに脱皮は起こる。凪斗を楽にしてやろうとするな」

むしろ、その手で奈落《ならく》に突き落とすぐらいの気構えで臨めと、久禎は昏く厳しい光を眸に浮かべた。

久禎への報告を終えて庭から離れに戻ると、

「凪ちゃん、水も飲んでくれへん」

折原が眼鏡のむこうの目をしょぼしょぼとさせながら告げてきた。

「そうか…あとは俺が見る」

離れの奥、置き行灯のぼやりとした灯りに照らされた寝室は、まるで夜のさなかのようだった。

凪斗は褥に、なかばうつ伏せになるかたちでくったりと横になっている。元から細身ではあったが、乱れた襦袢からぞろりと覗く首筋には、骨の連なりがくっきりと浮き出ていた。腰のあたりも薄っぺらく、乱れた裾から覗く脛の透けるような白さが痛々しい。

「凪斗」

布団の横に膝をついて呼びかけると、伏せられていた睫がふうっと上げられた。

浅い二重《ふたえ》の目に嵌められた淡色の眸が見返してくる。

儚《はかな》さと狂おしさとが入り混じった、朦朧とした眼差し。

抱き締めて甘やかして、痛みもすべて溶かしてやりたい気持ちが強烈に込み上げてくる。ついさっき、久禎から甘やかすなと言われたばかりだが、自分が従い守るのは凪斗だけなのだ。

凪斗が望むならば……そう思って、頭を撫でてやろうと手を伸ばすとしかし、手の甲に痛みが弾けた。見れば、引っ掻かれた爪痕《つめあと》が赤く浮かび上がっていく。

こんなふうに、凪斗からの拒絶は続いていた。

「俺を恨んでるか？」

瞬きしない目が痛みを堪えるように細められる。

「おまえを極道の世界に引きずり込んで、こんなつらい目に遭わせている俺のことが、憎いか？」

押し殺した声で尋ねる。

凪斗は首を横に振らなかった。

そして、この現実を否定するように角能から視線を外し、深く深く瞼を伏せた。

角能は眉間に皺を刻むと、枕元の塗り盆のうえの水差しを持ち上げた。グラスに水をそそいで、凪斗へと差し出す。

「朝から水分もまったく取ってないだろう。飲め」

いくら待っても、返されるのは拒絶の沈黙のみ。

角能は苦い溜め息をつくと、グラスをみずからの口に運んだ。ぬるい水を口腔に含み、凪斗の尖ってしまった顎を摑む。顔を寄せると、薄茶色の眸が見開かれた。

「や、だ」

抗う凪斗の身体を仰向《あおむ》けに返して、圧し掛かる。ほっそりとした両手両足が暴れるのも構わず、奥歯に親指をこじ入れた。臼歯《きゅうし》に指を擂り潰される痛みに、項が熱くなる。

ふっくらした唇の綻びへと唇を重ねあわせた。

「んっ――――ん、っ」

口のなかの水を細い流れにして凪斗へと流し込んでいく。腿の奥のほうまで剝き出しになった脚が角能の脚を蹴り……震えながら締めつけてくる。

そそぎ込んだものを凪斗は重なった唇のあいだから吐き出そうとした。

顔を離し、掌で凪斗の口許をがっしりと封じる。

「うぅ、っ、ん……」

喉を伸ばすように顎を乱暴に上げさせると、喉仏の膨らみが上下する。水を嚥下《えんか》する瞬間、ひくりと身体が小さく跳ねた。

色素の薄い肌を紅潮させて怨《えん》じる表情を浮かべる凪斗は、ぞっとするほど色めいていた。

このまま無理やりにでも抱いてしまいたい劣情に、身体の芯がざわめく。

「……凪斗」

口を押さえたまま、凪斗の襦袢の右胸をはだけさせる。そこには黒い蛇が頭を載せて、ほの紅い乳首に真っ赤な舌を伸ばしている。脳の内側が熱くなる。角能はその胸に慌ただしく唇を這わせた。

感度よく躾《しつ》けられた乳首は、口に含まれただけで粒を勃《た》てる。

それを舌でくじりながら、しっとりと汗ばんでいる腿に手を這わせ、薄い肉を揉む。

「んんんっ!!」

明確なセックスの意図に、凪斗はどこにそんな力が残っていたのかというほどの抵抗を見せた。押さえつけようとする角能に襦袢をずるずると剝かれながらも、布団から畳へと身を這わせる。

蛇のような動きで壁へと辿り着くと、凪斗はそこに立てかけてあったものに身を寄せた。

ひと抱えほどの大きさの絵だ。

さまざまな色の波紋が幾重にも積まれた、「初恋」。

「……けて」

凪斗が呟く。

「たすけて――」

溺れる人のように絵に縋りついて嗚咽を漏らしだす。

ほとんど剝き出しになった青白い背中で、双頭の蛇は黒くぬめり、まるで生きているかのように身を震わせた。

＊　＊　＊

自分のせいで、祖母が死んだ。

角能から、実は祖母が離れて過ごした去年の夏のあいだに悪性腫瘍の除去手術を受けていたこと、そしてつい先日の検診で再発が確認されたことを教えられた。リンパ節に転移していたため、そこから身体の各所に癌が飛び、抗癌剤治療を受けて一年もてばいいという状況だったという。

「遅かれ早かれ、逝《い》く時期がきていたんだと考えろ。そんなに自分を責めるな」

角能は繰り返しそう言った。

少しでも楽にしてくれようとする気持ちはわかる。けれども、祖母が癌を患っていたという事実は、まったく凪斗の心を軽くはしなかった。

自分自身のことに手一杯で、祖母の異変に気づかずに過ごしてしまったのだ。我慢強い祖母のことだ。孫息子に心配をかけないために、表情ひとつ暗くしないように、常に気を遣ってくれていたのだろう。

祖母の病への不安を、自分こそが紛らわせてあげなければならなかったのに。

未熟であるということは、言い訳のきかない罪なのだ。

もし、もしも時計を戻すことができたらと凪斗は思う。

コーヒーを淹れにいこうと立ち上がらなかったら、銃弾はまっすぐ自分へと叩き込まれ、祖母は助かったのではないか?

あるいは、あの時、祖母の部屋にさえいかなければ……いや、半年前に四代目になるなどと決めなければ。

――角能さんを欲しいなんて、思わなければ。

こんなことにはならなかったはずだ。

岐柳の大蛇の血を引いているからと拉致同然に連れ去られたのは、たしかに自分ではどうしようもない運命だったのだろう。

けれど、角能に惹《ひ》かれ、角能に気に入られたくて刺青を入れ、角能を我がものにしたいあまりに組を継ぐことを決めたのは、自分なのだ。

子供のころから、ずっと怖かった。

この身体には悪い血が半分流れていて、母親はそれを忌み嫌い、封じ込めようとしていた。その悪い血は、周りの人たちを不幸にするものだと教えられた。だから、周囲の人に災いが寄らないように、できるだけ独りでいようと決めて、そうして暮らしていた。

それなのに角能尭秋という男に惹かれ、求めてしまったために、母の心配が現実のものとなってしまったのだ。

角能は自分を守るために一度ならず傷を負っている。

祖母は巻き添えを食らって命を失った。

——次は……次は、なにが起こる？

岐柳組を継ぐと決めたとき、決して軽い気持ちではなかった。ぎりぎりの縁で覚悟を決めたのだ。

けれどいま、それが所詮は極道の現実を知らないガキの甘い決意でしかなかったとわかる。

——もう誰も、俺に近づけたら、いけない。

だから、角能にも触れてはいけない。触れられてはいけない。

でも、触れたくて、触れられたくて、気が狂いそうになる。角能に口移しで水をもらい、そのまま抱かれそうになったとき、心が裂けそうになった。

縋りつきたい。

けれど、そうしたら角能まで祖母のように命を失うかもしれない。自分の希《ねが》いを捻《ね》じ切って角能から逃れた。そして代わりに、角能を写しとった絵に縋った。

助けてほしい、と。

自分の蒔《ま》く災いから角能を助けてほしい。

自分が角能を求めないように、弱い心を助けてほしい。


粥《かゆ》を無理無理に飲み込む。まるで胃が閉じてしまっているように、食道に異物が留《とど》まる違和感がつきまとう。匙《さじ》を置くと、座卓の向かいで八十島が無精髭《ひげ》を生やした顎を指で擦る。

「ちょっとは食えたな」

「……残して、すみません」

「気にしなさんな。四十日食わなくても死ななかった奴《やつ》もいるしな」

「そうなんですか？」

「イエス・キリストだけどな」

悪戯《いたずら》っぽく、ニッと笑う。

「釈迦《しゃか》もマホメットも飢え死に寸前の断食したっていうしな。そこまで苦行せんと開けないなんて、悟りってのは罪深いもんだなぁ」

そののんびりした言い方がおかしくて、凪斗はわずかに唇の端をゆるめた。

ここ数日、八十島か折原のどちらかが傍にいてくれ、夜は折原が横の布団で寝ている。

凪斗は視線を伏せて尋ねた。

「……角能さんは、どうしてますか？」

たぶん、呆れられたのだと思う。絵に縋って情けなく泣きじゃくってしまってからというもの、角能は滅多《めった》に顔を出さなくなった。きてくれても、険しい面持ちで様子を見るだけで声もかけてくれずに去ってしまう。

いつまでも祖母を失ったショックと喪失感に浸かっていては、嫌われてしまう。

角能と距離を置かなければと思っているくせに嫌われるのは耐えられなくて、こうして今日は寝室から出て自室の座卓で食事をしたのだ。

「あいつなら、ずっと玄関横の部屋で待機してる。呼んでくるか？」

凪斗は首を横に振った。

同じ屋根の下にいるのだとわかっただけで、身体も心もじわりと温かくなる。

これでいいのかもしれない。八十島や折原と同じぐらいの距離を保つことができれば、角能は冷静に仕事に臨み、無駄な怪我《けが》を負わずにすむのではないか。

祖母はもういない。角能にはもう特別を求めてはいけない。

孤独感に、身の削《そ》げるような心地を覚える。けれど考えを定めることで、心は少しだけ落ち着きを取り戻した——その落ち着きは結局、一昼夜ももたなかったのだけれども。

翌日の午後に入って少ししたころだった。

凪斗は久しぶりに襦袢を脱ぎ、セーターにチノパンという姿、自室で座卓に向かっていた。二週間近く、よく眠れず食欲もない状態で過ごしてきたので頭には薄く靄《もや》がかかった状態だったが、それでも分厚いファイルを開いて、関連企業の業務内容や経営状態などに目を通す。

広縁のところには八十島がいて、フランス語のペーパーバックを読んでいる。

角能は一度やってきて、凪斗がやつれているなりに立ち直ろうとしているさまに目をしばたいた。「具合はいいのか」と尋ねられて頷くと、硬い眸をして去っていってしまった。安堵も喜びも示してもらえなかった……眉間が、重くて痛い。

それからしばらくして陽が西に傾きかけたころ、離れの呼び鈴が鳴らされた。

広縁はそのまま玄関口へと続いているので、やり取りがかすかに聞こえてくる。どうやら、凪斗宛《あ》てに届いた荷物を本宅から使いが届けにきたらしい。

「凪ちゃん」

折原が開け放してある襖からひょこりと顔を出す。

「ハヤカワサンて人から荷物届いてんけど、誰やったかなぁ？　早いにサンズイの河って書く」

「早河《はやかわ》教授なら、美大の先生だけど」

「ああ、ああ。そんな人いはったっけ。荷物いったんこっちで開けて構へんかな？」

凪斗に届くものは、かならず危険物でないかチェックを受けることになっているのだ。

……爆発音は、それから一分ほどのちに起こった。玄関のほうからだ。

凪斗は弾かれたように立ち上がった。広縁に飛び出すと、八十島に二の腕を摑まれた。守るように肩を抱き込まれて、玄関脇の護衛が詰めている部屋へと走る。

部屋のドアは開いていて、なかから折原を抱きかかえた角能が飛び出してきた。

折原の両手にはタオルが巻かれていて——真っ赤に染まっている。

角能の後ろから出てきたのは、山根《やまね》という二十代後半の八十島ＳＳ所属のボディガードだった。涼やかな面立ちの顔を真っ青にしている。

「すみませんっ……俺が勝手に開けようとして、それでっ」

「説明はあとで聞く」

八十島は山根を押し退けると、玄関から出ていこうとする角能の肩を摑んだ。

「洸太は俺が連れていく」

有無を言わせずに、八十島は角能の腕から折原を奪った。

すぐに離れの裏に駐《と》めてある車にエンジンがかけられる音が聞こえてきた。

廊下には血痕《けっこん》が点々と落ちている。凪斗は瘧《おこり》のように身を震わせながら壁に肩を押しつけた。

「折原は、念のためになかをスキャンしようと言ったんです。それを、俺が大学の教授からのなら問題ないんじゃないかって、小包を——そうしたら」

山根がなかば放心状態で、凪斗と角能に向けるでもなく呻くように続ける。

「よりによって、折原の手を怪我させるなんてっ」

折原が得意とするのは、プログラミングやハッキング、そして爆弾処理だ。指や神経に欠損が出るようなことになれば、これまでどおりの仕事をするのは難しくなるだろう。

油断させるために早河教授の名を騙《かた》って届けられた小包爆弾。

銃弾も小包爆弾も、本丸の自分に辿り着く前に、周りの人たちを殺傷していく。

そもそも組織の組長と構成員というのは、そういうものなのかもしれない。これからも、こういうことは繰り返されていくのだ。

——嫌だ……これ以上、誰も失いたくない、傷つけたくない。

「凪斗」

角能がすぐ目の前に立っていた。

蒼褪め、強張った凪斗の頬に大きな掌が寄せられる。胸に激しい痛みを覚えながら、凪斗はその手をはたき落とした。

淡色の目で、角能を睨む。睨むぐらい目に力を入れていないと、だらしなく泣き崩れてしまいそうだった。

角能から山根へと視線を移し、

「俺のせいで、本当にすみません」

ぎこちなく頭を下げると、凪斗は自室へと足早に向かった。ついてくる角能に「入ってくるな」と強い声で告げて、襖を閉める。簞笥の一番下の抽斗を開けて、瀟洒《しょうしゃ》な緞子で作られた小袋を取り出す。祖母が自分に残してくれたものだ。朱色の地、白い流水、菊の花。そこにどす黒く散っている雨は、祖母の血だ。

袋から通帳を取り出す。名義は凪斗になっている。記帳されている最後のページを開く。三百五十二万という数字が打ち出されている。おそらく死期が近づいていることを知った祖母は、あるだけの金をこの通帳に移してくれたのだ。

『お金でなんでも買えるわけじゃないけどね。でも、いざという時に自由になるお金があれば、人生を選べることもあるからね』

「うん……祖母ちゃん」

あの時はよくわからなかったことが、いまはわかる。


眠らずに迎えた、午前三時。

凪斗はそっと布団から起き上がった。

折原がいないから、今日は数日ぶりに角能が横の布団で寝ている。向けられている広い背中を、凪斗はしばらくのあいだ、じっと見つめた。

本当に無理やり視線を剝がして、名残惜しさを断ち切る呼吸をひとつし、行灯の弱い光が溶かれた闇のなかで立ち上がる。足音を潜めて寝室を出た。隣の自室の押入れをそっと開く。そこからふたつの包みを引っ張り出す。

ひとつの風呂敷《ふろしき》を開き、そのなかの服に着替えて、緞子でできた小袋と財布をダッフルコートの大きなポケットに突っ込む。右手にショートブーツを、左腕に大判風呂敷に包まれた長方形の大きな荷物を抱えて、広縁へと出た。

表玄関はすぐ横の部屋に護衛が待機しているから、裏の勝手口へと向かう。

勝手口のドアを開けると、蝶番《ちょうつがい》が思いのほか大きく啼いて、冷や汗が項を伝った。ギッ…ギッ…と小刻みに開けていく。二月下旬の夜気が、冷たい針となって皮膚を刺す。地面に置いたショートブーツに足を滑り込ませる。

細心の注意を払って、静かにドアを閉める。

裏の門へと向かう途中、見回りの若衆と鉢合わせそうになった。慌てて植え込みの陰にしゃがみ込む。風呂敷に包んだものをぎゅうっと両腕で抱き締めて、若衆がいくのを待つ。

裏口の門に嵌められているいかつい錠を外そうとするが、金具が固くて開けるのに手間取る。なんとか開けることができたとき、ふいに背後に人の気配を感じた。慌てて門を開きながら肩越しに振り返った凪斗は目を見開いた。

凍《い》てつく夜の庭に、藍色《あいいろ》の襦袢を纏った男が裸足《はだし》で立っている。

その髪と双眸は、闇と等しい密度の黒さで。

「角能…さん」

凪斗は門の横の壁に立てかけておいた風呂敷に包まれたものを掴んだ。

外へと走り出そうとするとしかし、風呂敷が重くなる。角能が荷物の端を掴んでいた。凪斗と角能のあいだで、引っ張りあいが起こる。

「放せよっ」

凪斗は体重をかけて包みを引く。これだけは奪われるわけにいかない。

「どこにいくつもりだ?」

唸るように詰問される。

「どこでも……」

真っ白い息を忙《せわ》しなく吐きながら、凪斗は本心を答えた。

「角能さんから離れられるなら、どこでもいいっ」

身勝手なのは承知だ。

それでも、自分は誰よりも角能が好きでたまらない。

だから、どうしても角能から離れたい。角能の血を見たくないから。

角能の左手には、手打盃の儀のときに刻まれた縫合痕が痛々しく残っている。祖母のことがあり、
折原のことがあり、凪斗は「自分の傍にいる人間は、かならず災いに見舞われる」という強迫観念に
雁字搦《がんじがら》めになってしまっていた。

「俺から離れたいだと？」

ざわりとするほど低くて冷たい声を角能が漏らした。

鳥肌を立てながらも、凪斗は訴える。

「角能さんは、もう傍にいてくれなくていい。これだけ……これだけあれば、俺はいいっ」

次の瞬間、左の頬に激しい衝撃を受けた。加減のない力で平手打ちされて、凪斗はどっと地面に転
がる。脳の内側から指先までビリビリと痺れる。

角能は風呂敷に包まれたものを乱暴に取り上げると、裏口の門を閉じた。

騒ぎを聞きつけたのだろう。離れのほうから山根が走ってきた。二十四時間体制の警護のため真夜

中にも関わらず、すらりとした身をダークカラーのスーツに包んでいる。

「どうしましたっ⁉」

地面に転がっている凪斗を見て、山根が切れ長な目を瞠《みは》る。

「このことは他言するな」

言いながら、角能は左脇に大きな風呂敷包みを抱え、右手で凪斗のコートとセーターの襟首を一緒くたに摑んだ。

無理やり立ち上がらされた凪斗は、ほとんど引きずられるようにして離れへと連れ戻された。山根が「角能さん、落ち着いてください！」となんとかとりなそうとするけれども、まったく角能の耳には入らないようだった。

離れに正面玄関から入り、凪斗はショートブーツを履いたまま広縁を歩かされた。

「山根、おまえはここで見張りをしていろ。なにがあっても、誰も通すな」

角能は山根に凪斗の部屋の前の広縁での見張りを言いつけると、風呂敷包みと凪斗を部屋に投げ入れて、襖を荒く閉めた。

天井の灯《あか》りが点《つ》けられる。

角能は立ったまま、十字に結ばれた風呂敷を解いた。なかから長い辺が七十センチほどあるカンバスが出てくる。その、闇にさまざまな色の波紋を拡げる絵を見て、角能が苦々しく呟く。

「これだけあればいい、か」

ほとんど憎しみにも似た眼差しを、角能は絵から凪斗へと向けた。

「おまえは俺より、この絵のほうがいいわけだ」

角能より絵のほうが大事なわけがない。

けれども、自分なりにカンバスに写しとった角能自身と、角能への自分の想いは、かけがえのないものだ。

角能の傍にいられないからには、せめてもの想いの拠《よ》り所として持っていきたかったのだ。

黙り込む凪斗に苛立った様子、角能が絵を畳床へと投げつけた。凪斗は慌てて絵に這い寄ると、傷ついていないか確かめる。それがいっそう、角能の怒りに油をそそいだようだった。

ふたたび絵を取り上げられ、畳へと叩きつけられる。

そして凪斗は、絵のすぐ横で仰向けに押し倒された。品のいい桐の透かし彫りに和紙を張られた天井の灯り。それを遮るように、角能が圧し掛かってくる。

ダッフルコートのアーモンド形のボタンを千切るように外され、緑灰色のセーターと下に着ているシャツを一気に胸元まで捲り上げられる。

あばら骨が浮いた情けない身体を見た角能が、眉間に深く皺を刻む。そして、その不機嫌な表情のまま、凪斗の身体へと顔を伏せた。鳩尾にやわらかな感触が流れる。

「や…」

温かな唾液《だえき》で肌が濡れていく感触に、凪斗は腰を捩《ねじ》った。男の下から逃げようとすると、右の乳首を咬まれる。痛みに動きが止まる。小さな尖りをくにくにと唇で食《は》まれながら、吸われた。熱い。嬲《なぶ》られているところが嘘《うそ》みたいに熱くて、身体の芯に痛みにも似た疼きが生まれる。

「やだ、っ」

凪斗は両手で角能の頭を胸から押し退けると、靴を履いたままの足の裏で畳を蹴り、広縁のほうへ向かおうとする。コートの襟を後ろから摑まれた。破かんばかりの勢いでコートを脱がされ、セーターとシャツを身から剝がされる。

チノパンと靴だけを身につけた姿で床に引き倒された——背中にざらりとした硬い感触を覚える。絵だ。絵を褥の代わりにして、角能は凪斗に覆い被さってきた。

「角能、さん……角能さんっ」

暴れる凪斗の首筋を男の唇が忙しなく這いまわる。肋骨《ろっこつ》の波を熱っぽい掌で擦り上げられ、胸の粒を強い指先で捩じられる。下手に暴れたら絵を傷つけてしまう。

「絵が——」

泣きそうな声を出すと、角能が首筋から顔を上げた。

至近距離で闇を凝固させた眸に睨まれる。

「そんなに絵が大事なら、大人しくしてればいい」

投げ捨てる物言い、チノパンのぶかぶかになっているウエストへと角能が手を這い込ませる。下着の内側に入ってきた指先が薄い草叢《くさむら》を搔く。性器の付け根近くをなぞられれば、もどかしい熱に茎が硬くなっていく。

鎖骨をしゃぶっていた角能が嘲《あざけ》るように呟く。

「もう濡れてるのか」

「……れて、ない」

否定すると、角能は下腹から引き抜いた指を凪斗の目の前に晒した。力強くて長い男の人差し指と中指がてらてらと濡れ光っている。証拠を見せつけられて、凪斗は下着の前が新たな蜜にぬるつくのを感じる。

角能はふたたびゆるいウエストの前から手を突っ込んできた。今度は下着のうえから茎を摑まれる。

「いらない男に触られて、こんなになるんだな、おまえは」

ぬめる布越しに手の筒で陰茎を扱かれて、凪斗は自然と腰を上げてしまう。

「ぁ、…ぁ、……」

狭い空間でおこなわれる愛撫《あいぶ》は、ひどく不自由でまどろこしい。それがかえって、息苦しい官能に繫がっていた。

絵を傷つけないために身動きもまともにできないまま、凪斗はチノパンの前を痛いほど突っ張らせた。濡れそぼった下着の布が性器に吸いつく。性器の表面が痛いぐらいに張り詰めたころ、角能は手をチノパンから抜いた。

ウエストのボタンが外され、ジッパーを下げられる。下着も一緒に、足首のところまで衣類を下ろされた。凪斗の視界の下部で、自身の勃起《ぼっき》が反り返ってふるりと揺れる。

「脚のあいだまで垂れてる。絵が濡れるぞ」

会陰部を中指でなぞられると、そこまで先走りが伝っているのが知覚された。

絵を汚したくない一心で、凪斗は膝を立てて靴裏で畳を踏み締め、肩甲骨から下を宙に浮かす。

けれど、二週間ほども臥《ふ》せっていた身は筋肉が落ちていて、力が入りきらない。内腿の筋が引き攣り、脚が震えだす。腿の奥の狭間を淫らに晒しながら、凪斗は裸の胸を激しく上下させた。首筋や頬に桜色を流し、苦しく眇《すが》めた目尻に涙を滲ませる。汗に濡れた髪がこめかみに張りついている。それでも腰を落とすまいと、薄い腹筋や内腿の筋をヒクつかせて堪える。

角能は目の縁の粘膜を赤く染めて、しばらく凪斗の不可抗力の痴態《ちたい》を眺めていたが、ふいに忌々しげに舌打ちをした。

「……汚させてやる」

腹の底に響く声音に、凪斗は目に怯《おび》えを走らせた。

「角能さ――――ぁ、っ」

双丘の底にわずかに流れ込んでいる先走りだけを潤滑にして、角能が後孔の蕾に指をねじ込んできたのだ。

無理な姿勢のせいで閉じきっている粘膜を、ぐうっと拓《ひら》かれ、のったりとした速度で突かれる。

凪斗の身体を知り尽くしている男は、突くたびに内壁に潜む快楽の凝りをゴリッと擦り上げた。性器を内側から擦られるような直截的《ちょくさいてき》な刺激に、身体が頼りなく縒《よ》れる。

足腰がガクガクして臀部が絵に落ちそうになる。凪斗は絵の縁を掴んで必死に腰を天井へと突き出した。

と、体内の指が動きを止めた。

「ひ…」

脆い快楽の凝りへと指先がめり込んでくる。

もう、踏み止まることはできなかった。茎が宙でなまめかしく蠢く。次の瞬間、紅い先端から真っ白い粘液が溢れ出す。男としての明快に飛び散る絶頂ではなかった。とろみの強い蜜がたらたらと溢れて、小刻みに痙攣する茎を伝い落ちていく。

まだ漏らしつづけている凪斗の身体から指を引き抜くと、角能は細腰を摑んでうつ伏せに身体を返させた。

ぱたぱたと重い粘液が絵へと滴る。

「やだ……汚れる…ぅ、うう」

自身の性器を両手で包んで、腰だけを上げる姿勢になる。

凪斗の下腹を覆う手に手を重ねて揉む仕種を促しながら、角能が耳のすぐ後ろで囁く。

「こんなふうに自分でいじって、この絵にたっぷりかけてただろう？」

岩絵の具のざらりとした感触に火照る頰を押しつけたまま、凪斗は目を見開いた。

見られていたのだ。

角能が触れてくれないのがつらくて、絵を前にして自慰に耽ったあさましい姿を見られていたのだ。

あの時、寝室の襖が少し開いていたのは、角能が覗き見ていたからだったのだろう。

背後で角能が身動《みじろ》ぎした。

「いつも自分でするとき、ここに指を挿《い》れるのか？」

ここに、という言葉とともに、蕾に濡れ濡れとした硬いものが押しつけられる。いまさっき指で至《し》悦《えつ》を引きずり出された場所は、凪斗の気持ちとは裏腹、期待に細やかな襞をわななかせた。その襞《ひだ》をあやすように、男の切っ先がいまにも入りそうに押しつけられては逸《そ》れ、会陰部にいやらしく擦りつけられる。

　凪斗は足首を衣類で拘束された下肢で詮なくもがく。両手のなか、果ててゆるんでいたはずの性器がふたたび欲を孕みはじめていた。

「あれの時、俺の名前を呼んでたな」

　痩せた背をS字に断つ刺青を、男の手が愛しげに辿る。

「凪斗……本気で俺から離れようとしたわけじゃないんだろう？」

　それはどこか、乞《こ》うような響きを帯びていた。心が大きく揺らぐ。

　でもここで折れてしまったら、角能を危険に晒す日々を送ることになってしまう。

　凪斗は眸に厭《いと》う光を乗せて、背後の角能へと横目を流した。

「本当に――――いらない」

　角能はきつく目を眇めると、凪斗の腰の素肌に指をめり込ませてきた。腰を高く据えられる。蕾を破る勢いで、滾《たぎ》る幹が突き挿れられた。

「あ！　あっ…ああっ」

　切れ切れの声が喉から溢れる。履いたままのブーツのなかで、足の指が引き攣れる。

「痛いっ、抜い、て……っ、う、奥…やだっ」

「そんな大声で喚《わめ》くと、山根に聞かれるぞ」

たしかに、襖一枚しか隔てていない場所にいる山根には筒抜けだろう。八十島と折原は多少察しているようだったが、ほかの者たちはまさか四代目になる凪斗と、その補佐として従う角能が肉体関係にあるとは思っていないはずだ。凪斗は必死に唇を噛み締めた。

声を出せず、絵を汚したくないからと精液を受け止めた手を下腹から外すこともできない凪斗を、角能は犯した。

怒張した男の器官を久しぶりに詰められて、内壁が裂けそうに張る。

抗《あらが》う粘膜を、ずくずくと強引な抽送でいたぶられる。長くて太い幹がゆっくりと抜かれていく。先端の張りに狭い蕾が引っかかったところで、今度は一気に根元まで叩き込まれる。いつもの情交とは違う、容赦のない交わり。

「苦し……う、うっ、んぅう」

身体が激しく上下し、ぷつりと尖った乳首をざらりとした絵の表面に痛いほど擦られる。

背を間断なく重い痺れが這いまわる……まるで刺青の蛇が、淫蕩を餌《えさ》にして生き生きとのたくっているかのように。

「どうした？　なかが痙攣してるぞ」

言われなくてもわかっている。

角能の太すぎるペニスに吸いついた粘膜が、ときおり痙攣と収縮を繰り返す。

凪斗の性器はこちこちに張り詰めて、犯されるままに頭を振った。その茎を貫く細い道は開ききってしまっていた。精液を溜めている両手に新たな先走りが大量に漏れてくる。それを零《こぼ》すまいと、凪

斗は懸命に指と指をくっつける。

「揺らしたら、だめ——零れる……絵に零れ、る」

「絵など汚せばいい。俺がいれば、そんな絵なんかいらないだろうっ」

弱っている肉体には激しすぎる行為だった。

肋骨のなかで、心臓が壊れそうにヒクついている。いや、内臓も血管も筋肉も、すべてが熱くヒクついている。

痛みと快楽がぐちゃ混ぜになって、わけがわからなくなっていく。

「は……ふ…、ん！　んぅ」

内壁に沈む快楽の凝りを亀頭《きとう》で狙われて、凪斗は鞭打《むちう》たれたように身体を跳ねさせた。

淡い色の髪を汗に濡らして、哀れを誘う喘《あえ》ぎを漏らす。

頭の芯が快楽にぎゅうぎゅうと締めつけられる。

結合部分が摩擦熱に爛《ただ》れていく。

「…も、やっ——や、ぁ」

込み上げてくる絶頂感に、全身を強張らせる。

「っ、こっちが…壊されそうだ」

角能は呻くと、ぎりぎりと固く締まる凪斗のなかへと、根元まで繫がってきた。互いの圧が極限まで鬩《せめ》ぎあう数秒。息絶えるように、ほとんど同時に瓦解《がかい》は起こった。

身体の奥底に熱くて重たい奔流《ほんりゅう》を感じながら、凪斗は腰をガクガクと痙攣させる。あまりに激しい体感に、下腹部を押さえていた手指をゆるめてしまう。

指のあいだから大量の白い体液がとろとろと溢れ出し、手の甲をねっとりと伝った……。

＊＊＊

——いっそ、あの絵を叩き割ってやろうか？

壁に背を凭《もた》せかけた角能は眉間を険しく寄せたまま、畳のうえに横たわる絵を凝視していた。

「初恋」と題されたその絵の表面には、白い粘液が大量に散っている。凪斗の体液と、凪斗のなかに放った角能自身の体液だ。

……映像がありありと甦《よみがえ》ってくる。

画布に写された、闇の底に花開く色の数々。凪斗の昏い心、一途《いちず》な想い、昂ぶりへの戸惑い、恋の晴れがましさまでもが、そこに見てとれる。

その奥深い色彩のうえでわななく痩せた背中。白い肌はまだらに上気し、双頭の黒蛇があやしく呼吸する。小ぶりな臀部の狭間に太さのある男性器が刺さっているさまは、淫らというより惨《むご》いように見えた。

右の尻を包むラインでくねる蛇の胴もまた臀部の際どい場所へと流れ込み、まるで蛇とともに凪斗を犯しているような錯覚に陥る。

なにか発作でも起こしているのではないかと思うほど忙しなく痙攣している粘膜の感触を味わってから、角能は名残惜しく結合のための器官をゆっくりと引き抜いた。蕾の口の部分に段差が引っかかり、甘い痛みを覚えながら繋がりを外す。

蹂躙《じゅうりん》したにも関わらず、いまだに角能のなかのやる瀬ない憤りは鎮まっていなかった。

数日前、祖母を亡くして弱っている凪斗を、いくら慰めたかったとはいえ抱こうとしたのは、たしかに自分に非があったかもしれない。しかし、必死に自分の腕から逃れて絵に縋り「助けて」と泣かれたときには、たまらない気持ちになった。

なぜ、こんなつらいときに、自分に縋って甘えてくれないのか？

もしかすると、凪斗は自分が傍にいないほうが、気持ちが楽になるのかもしれない。

認めたくない仮説だったが、角能は凪斗と同じ部屋で寝るのをやめ、距離を置いた。

試すのと同時に、ひと回りも下の子供相手に意固地になっていたところもあったと思う。「やっぱり寂しい」「傍にいてほしい」と、凪斗に求められたかった。

しかし、距離をおいて数日たつと、凪斗は食事をするようになり、籠もっていた寝室から出てきた。

そして同じ部屋で寝た今日、凪斗は絵を抱えて出奔《しゅっぽん》を試みた。

仮説は、正しかったのだ。

凪斗は自分の傍を離れたがっている。自分のことを必要としていない。

犯して快楽を与えても、以前のような甘えを見せることはなかった。

兄弟盃を交わし、最期まで添うことを誓ったのに、凪斗はそれを反故《ほご》にしようとしているのだ。

罰したくて、角能は性器を引き抜いたのち、凪斗を絵のうえに尻をついて座らせ、さらに子供に小用をさせるときのように、背後から両膝の裏に手を入れて持ち上げた。

開ききる双丘。粗相を促して揺さぶると、襖のむこうに山根がいることも忘れて、凪斗は「やだぁ!!」と悲痛な声をあげた。

白濁まみれの手で角能の手を引っ掻いて嗚咽に身を震わせながら、最奥の開きっぱなしになっている蕾から中出しされた体液を滴らせる。

放った角能自身ですら驚きを感じるほど、それは濃密で大量だった。

最後の一滴が、白い糸を縒りながら絵へと落ちる。

嗜虐《しぎゃく》の興奮とともに、自分にとっても大切な絵を穢してしまった自虐の痛みに胸がむかついた。

放心状態でぐったりしている凪斗の脚から衣類と靴を抜き、襦袢を着せて抱き上げた。風呂場に連れていこうと部屋を出ると、広縁に正座していた山根が咎《とが》める眼差しを向けてきた。

八十島ＳＳの者たちは基本的に、ビジネスの感覚で岐柳組と関わっている。

だから山根にとって、つい先日まで同僚だった角能が、やくざが情人に無体を働くようなセックスを同性の若者にしたことは、受け入れがたいことだったのだろう。

たしかに以前の自分だったら、ここまで感情を掻き乱されて残酷を強いることはなかった。

——俺が極道に近づいてるのか……それとも、凪斗の毒に冒されているのか。

苦い溜め息をつきながら、開けてある襖から奥の寝室の闇を覗く。

凪斗は自身の褥で、布団を頭まで被っている。

これまでも無理やり性交を強いたことはあったが、こんなふうに心身を踏み躙《にじ》るような抱き方をしたのは初めてだった。

自分のなかに詰まっている、凪斗に対する熱くてどろりとした想いの塊。

欲と情が、ここまで暴力的な制御不能のものなのだと、三十三にもなって思い知らされていた。

4

「角能、おまえはこれでいいのか？」

咎める口調ではなかった。角能がうつ伏せで気を失っている凪斗のうえから裸体をどかすと、八十島が落ちていた藍色の襦袢を投げて寄越《よこ》す。それを雑に纏って、立てた片膝に肘を載せ、性交に乱れた黒髪を掻き上げる。

言葉で答えずとも、八十島は角能の心を推察し、ちょっと呆《あき》れたように問うてくる。

「凪斗くんを壊して、自分だけのものにしたい、か。いつからそんなヤバい男になったんだ？」

八十島は、大学時代の角能が国体《こくたい》選手に選ばれるほどストイックに射撃に打ち込み、そののちは警視庁に籍を置いた、根の部分が真面目な性質だと知っている。警視庁をやめて自暴自棄になっていた時期も知られているが、いまのように他人に攻撃性を向ける姿を見たのは初めてだろう。

いまの角能は、情人である青年を陥落させるために三日三晩、風呂とトイレ以外は寝室に監禁して激しい性交で苛む、いかにも極道者らしい手段を取る男になり下がっていた。

寝室の襖の桟《さん》に背を凭せかけて、八十島は荒《すさ》んだ様子の角能を見下ろす。

「なぁ、角能。やくざもボディガードも軍人も、似たようなもんだっていうのが俺の考えだ。目的を定め、モチベーションを保ち、いざとなれば冷徹に計算して結論を出す。そして、その結論を実行できるだけの能力や気迫を磨いておく。最悪なのは、欲望と感情に溺れて、わけがわからなくなることだ」

「……最悪か」

たしかに最悪だろう。

可愛さあまって憎さ百倍を地でいっているのだ。

八十島の言うとおり、やくざのなかでも大成している者たちは、大局では意外なほど冷静に俯瞰《ふかん》してことを仕切る。

たとえば岐柳久禎にしても、勘と経験則の両面から照らしあわせて事象を読むからこそ、岐柳組を名うての組織に育てることができ、また博徒としても一流だったのだろう。

激情や欲望に溺れて自滅するのは、三流やくざの十八番《おはこ》だ。

「この襖を閉めたら、どうせまた乗っかるんだろ。なぁ、ちょっとこっちの部屋で休憩入れろ」

八十島が敷居のむこう側を指差す。

粘りつく視線を凪斗に向けてから、角能は重ったるい腰を上げた。

三半規管がおかしくなっているものか、立ち上がると視界がぐらりとした。体力にはかなりの自信がある自分でこうなのだ。凪斗が意識を失っている時間が長くなってきているのも頷ける。

しかし、身体の主である凪斗が明らかに弱っているにも関わらず、その肌に棲む黒蛇はつややかな婀娜《あだ》めきを増していた。凪斗を背後から犯しながら、角能は何度も生き生きとのたくる双頭の蛇に手を伸ばした。縊《くび》り殺してやりたい劣情に駆られて。

「なぁ、角能。確認するが、凪斗くんを守る気はあるか？」

凪斗の部屋の広縁に面した襖を開放し、さらに広縁のむこうのガラス窓もからりと開けながら、八十島が訊《き》いてくる。

角能は砂壁に背を預けて座り「当たり前だ」と答える。

「自分が壊すのはよくて、他人に壊されるのは嫌ってわけだ。意外にロマンチストだったんだな」

その八十島の独り言が、部屋に吹き込んでくる風に乗って、角能へと届く。

空気は冷ややかだが、ほんの三日ほどのあいだに春の甘みを含んだようだった。庭を見れば、梅の木が、灰褐色の枝に薄紅色の丸い五弁の花をほころばせていた。世界は春に向けてゆっくりと歯車を動かしている。

その歯車から、自分と凪斗だけ取り残され、隔絶されているように感じられた。

ロマンチストかどうかはともかく、みっともなく感傷的になっているのは確かだった。

八十島が胡坐《あぐら》をかいて畳に座り、座卓に片肘を載せる。ボディガードらしく白いワイシャツにダークカラーのスラックスというでたちのせいで、無精髭を差し引いてもなかなかの男ぶりだ。

「凪斗くんを守る気があるなら、現実にしっかり目を向けろ。いいか。関西の旗島会と熾津組の抗争は厄介なことになってる。一昨日、明石《あかし》湾から旗島会の幹部が乗った車が引き上げられた。警察は触らぬ神になんとやらで事故扱いにしたが、まず間違いなく熾津組によるものだ。熾津の赫蜥蜴が指揮を取ってるんだろうがな」

「赫蜥蜴――若頭の熾津臣か」

「このあいだの手打盃のとき、熾津組の構成員が妨害に入っただろう。あれも熾津臣が命じたものだったらしい。実はその件で情報を集めていたんだが、熾津が岐柳に過剰にちょっかいをかけてくる理由がわかった」

「岐柳の当代が旗島会会長と兄弟分だからというのとは別にか？」

「ああ。もっとストレートでわかりやすい」

八十島は苦笑を浮かべた。

「辰久と数井が、熾津組の幹部のところで目撃された」

角能は思わず砂壁から背を浮かした。

「それは間違いのない情報なのか？」

「幹部の経営するホテルの防犯カメラに、熾津臣と辰久と数井が映っていた」

凪斗の異母兄である岐柳組を破門された岐柳辰久と、その片腕だった数井が、熾津組に身を寄せている――にわかには信じがたい話だったが、八十島ＳＳの調査ならまず間違いはないだろう。

角能は視線を鋭くした。

「辰久は本当なら岐柳の四代目を継ぐはずだった男だ。自分のポジションを奪った凪斗への恨みは伊《だ》達《て》じゃない。数井もあのとおりの切れ者だし、まずい展開だな」

「手の内知られての闘いは、厄介だろうな」

一拍置いてから、八十島がいつもの飄々とした調子で続けた。

「そんなげっそりするぐらいまでヤったら、もうわかったんじゃねぇのか？」

「……」

「三日もたっぷりかけて落ちないってことは、凪斗くんは見かけによらず、なかなかの頑固者ってことだ。力技で無理なら、時間をかけるしかない。関係の修復はゆっくりやっていくとして、いまは外敵に意識を向けるべきじゃないかと思うね」

抱いても抱いても、凪斗は頑なに心を閉ざしている。

意固地になり、なかば中毒のように凪斗を貪りつづけたが、これ以上凪斗の心と身体を無理やり抉《えぐ》っても虚しさしか摑めないだろうことに、薄々気づいていた。

膿《う》んだ熱はまだ身体の芯にねっとりと蔓延《はびこ》っている。けれど、それに溺れきっていたら、失いかねないのだ。

壊してしまいたいほど愛しい、掌中の珠《たま》を。

早春の風に体内の毒素を緩和されたものか、意識が冴えていく。

八十島が視線を外に逸らしながら呟いた。それは角能に言っているようにも、独り言のようにも聞こえた。なにか彼らしくない、落ち着かない色が眦《まなじり》に滲んでいるのに気づく。

「冷徹になれ」

「……折原の手、回復するといいな」

低めた声で言うと、八十島は瞼を下ろした。眉間にかすかな皺が立つ。

小包爆弾は、折原が山根から取り上げたのと同時に爆発した。折原の血まみれになった手をタオルで包んだのは角能だった。

病院へと折原を運んだ八十島からの報告で、欠損は奇跡的に指先だけですんだが、手の神経のほうがやられているかもしれないという話だった。

角能が八十島ＳＳに入ったのは折原よりあとだったから、当時のことは八十島が面白《おもしろ》おかしく話してくれた範囲でしか知らないが、折原はかつて大阪に住んでいた。某国立大学に在籍していたものの講義にはまったく出ずに、爆弾製作やハッキングに明け暮れていたらしい。

八十島が折原を知ったのは、折原が岐柳組の舎弟企業にハッキングをかけてきたのがきっかけだった。セキュリティを強化すると、またハッキングをかけてきて……という堂々巡りで、ついにプロに逆探知をかけさせて、折原洸太の名前と住所を割り出した。

そして八十島みずから新幹線に飛び乗って、大学のパソコンに齧《かじ》りついていた折原の首根っこを摑み――そのまま、八十島ＳＳに勧誘したのだった。大学生をやることに退屈していた折原は一も二もなく誘いに乗って上京し、八十島の家に転がり込んだ。ハッカーと無国籍男は案外、波長が合ったらしい。喧嘩しつつも共同生活を送ったまま、いまに到《いた》っていた。

そういう経緯があるからこそ、今回の折原の負傷は、八十島にとっても心理的ダメージが大きかったに違いない。

もしも折原が仕事に復帰できなかったら、八十島はどうするのだろう？

入院している折原は、いまどんな想いでいるのだろう？

凪斗は、祖母の死と折原の負傷を、どう受け止めているのか？

そして自分は、どうすれば凪斗を守り、凪斗の周りの波乱を最小限に留めることができるのか？

――冷徹になれ、か。

大切なものがなかったころには当たり前のようにできていたことが、大切なものができてしまったいま、なによりも難しい。

＊＊＊

ほのかに甘い香りが、ふわりと優しく流れた。

その香りの釣り針に引っかけられて、浅い夢からすうっと意識が浮上する。瞼を自然に開く。

また波打つ香りに鼻腔をくすぐられる。辿って枕元《まくらもと》を見上げれば、そこに水を張ったグラスが置かれていた。水のなかには灰褐色の枝がある。それは水面を突き抜けて、角ばった細枝を宙へと伸ばす。

枝には薄紅色のまろやかなかたちの花がいくつも咲いている。

梅の花だ。

五枚ずつ綴られた丸い花弁が、ときおり震える。震えては、匂《にお》いを振るい落とす。

風がそよりそよりと、寝室の開けられた襖一枚分の四角から流れ込んでくる。白みがかった自然光も、そこから漏れていた。

隣の部屋の襖も広縁の窓ガラスも開け放たれているのだろう。

数日ぶりに正常な気配に触れ、長い拷問が終わったらしいことを凪斗は知る。

昼夜を問わない角能との性交のあいだ、身体を何回追い上げられたかわからない。そのたびに、淫蕩を喰らって背の蛇がのたくる感覚に苛まれた。「岐柳凪斗」を抑え込むのに必死だった。

ただの美大生にすぎない凪斗を愛してくれた祖母はもういない。最近の角能は「岐柳凪斗」にしか価値を見てくれない。

もしいま「岐柳凪斗」が表に出てきたら、存在意義が希薄になっているいまの自分は、もう戻ってこられないのではないか？

あの悪夢そのまま、厚い氷に蓋《ふた》をされて、常冬の海に沈められてしまうのではないか？

そんな不安に追い詰められつづけている。

と、部屋がすっと昏くなった。見れば、隣の間との敷居のところに白いワイシャツにスラックス姿の角能が立っていた。また無体なことをされるのかと、凪斗はびくりとしたが、

「起きてたのか」

男の声は、最近になく穏やかだった。

凪斗が裸身を起こすと、瘦せた肩に襦袢をかけてくれる。横に膝をついて、角能はくっきりと黒い双眸で覗き込んできた。

「酷いことをして悪かった。嫌でたまらないかもしれないが、俺はおまえの傍にいて、おまえを守る」

「……」

その言葉に泣きたくなった。

素直に嬉しいと思ってしまう自分がいる。けれどもその温かな想いは、すぐに罪悪感に呑み込まれた。自分が角能を欲しがったせいで、祖母や折原に災いが及んだのだ。

「三週間後には、代目襲名式だ。それまでに体調を整えないとな」

代目襲名式。それが済めば、凪斗は四代目の岐柳組組長となる。

自分の采配《さいはい》次第で、いくらでも死傷者が出ることになるのだ。

その現実は、あまりに重い。

項垂《うなだ》れる凪斗に、角能が励ます声音で言う。

「大丈夫だ。おまえなら務められる。俺はおまえを支える」

角能の言う「おまえ」は自分ではない。

岐柳凪斗のほうだ。

自分では務まらない。岐柳凪斗を表に出さなければならない……。

——俺が俺でいる意味って、あるのか？

よくわからないが、自分の人格変容は俳優が役になりきるのと似たようなものなのだろうと凪斗は考える。

役者によっては、役になりきってしまって私生活の言動や価値観まで変わるという。それどころか、クランクアップしても役抜きにしばらく時間がかかる俳優もいると聞いたことがある。

それなら、自分はずっと、岐柳凪斗という役になりきっていればいいのではないか？

自分では無理でも、岐柳凪斗という存在でなら、組を束ね、角能のことも守りきれるかもしれない。

日常に食い込んでくる危機から周りの人間を守れるかもしれない。

もし元に戻れなくなっても困る人も悲しむ人もいないのだから、悩むことはないはずだ。頭ではそうわかっている。

それなのに、いまの自分を失いたくないという気持ちを、どうしても捨てることができない。

いま一度、自分の心を見直して、できるものなら少しでも整理したかった。

凪斗は顔を上げて、角能を見つめた。

「角能さん、お願いがあるんだ」

「ああ、なんだ？」

「祖母ちゃんの墓参りをしたい。まだいけてないからさ」


祖母の墓参りは、願った四日後に叶《かな》った。

東京の端に位置する、電車では単線の終点駅にある墓地まで黒いベンツで向かう。護衛には五台の車がついた。

蕾を結ぶ桜に囲まれた墓地は人影もなく、妙に乾いた静けさが拡がっていた。

高校三年のころに母が亡くなり、それ以来、祖母とともに幾度もここを訪れたものだが、その祖母もいまは「円城家」と刻まれた墓石の下だ。

警護の者たちは凪斗を中心にして四方八方に立ち、あたりに不審な動きはないか見張っている。凪斗のすぐ傍では角能がやはりあたりに注意を配っている。

供えた花と線香の香りにほのかに包まれながら、凪斗は手を合わせて目を閉じたまま、自分のなかを覗き込む。

空っぽのようでいて、よく見ればそこには悔恨だとか執着だとか厭世《えんせい》だとか愛欲だとかがぎっちりと詰まっている。どこから手をつけていいのかわからないような自分の心のありさまに、無力感が押し寄せてくる。

生まれたところから、いや、母の腹のなかで生を受ける前からやり直さなければ、とてもほぐせない混沌《こんとん》。自己否定の波が黒く胸から体内に拡がっていく。そういう自分が疎ましい。疎ましいなら消してしまえばいいのに。そこにも座りきれない。

なんだか立っているのもつらくて、凪斗はその場にしゃがみ込む。

頭も心も痺れたようになっているなか、供えた花が風に吹かれてかすかな音をたてた。

その音に混じって、祖母の声が聞こえてくる。

『凪斗はいつも、自分でちゃんと考えて選んで、進んでる。そう信じてるからね』

『……からね』

——祖母ちゃん……。

ずっと自分を見守ってくれてきた小柄な祖母に縋る。

——すごく、難しいんだ……難しすぎるんだ。

重い頭で思う。「自分」には、この人生を生き抜くだけの力がないのだろうか？

——無理だったら、ここにきてもいいかな…。また、母さんと祖母ちゃんと三人で、穏やかに普通に暮らしたいんだ。

岐柳凪斗という人格にすべてを明け渡すことで、肉体は生き延びられるかもしれない。

けれどそれは、「自分」にとって死ぬことと、さして変わらないように思われるのだった。

心の整理などというものはつかなかった。

ただ、自分のありのままを見ることはできた気がした。

帰りの車のなか、凪斗は運転席の八十島と、後部座席の横に座る角能と、できるだけ普通のテンションで言葉を交わそうと努めた。気持ちが回復したわけではなかったが、自分の疎ましい心を直視してしまっただけに、これ以上それを露出したくなかったのだ。

夕暮れの高速道路を車は進んでいく。

また、自分では処理できないことばかりが待っている世界へと連れ戻されていく。

世界を紅蓮《ぐれん》に包む夕陽《ゆうひ》を焦点の合わない目で眺めていると、ふいに左斜め後ろで耳をつんざくようなクラクションの音が上がった。

なにごとかと振り向こうとした瞬間、横の角能に抱き竦められた。

凄まじい衝撃。側頭部に熱を感じたような気がして、視界が紅から黒に落ちた。


「……さむい」

呟いて、目を開ける。

吐く息が白い。

――どうしたんだっけ……そうだ、祖母ちゃんの墓参りにいって、高速道路を走ってた……。

寒くてたまらなくて、襦袢の衿《えり》を両手で掻きあわせる。

「角能さん？　八十島さん？」

呼びかけるけれども返事がない。

気持ち悪いほど静かな薄闇が拡がっている。

「戻らなきゃ」

凍えた裸足で一歩を踏み出そうとする。けれど、まるで足の裏の皮膚に地面がへばりつく感触、歩きだせない。

――戻る？　どこに、戻るんだっけ？

ぼんやりと思う。角能のところだと考えて、深い躊躇《ちゅうちょ》に囚われる。

自分が帰っても駄目なのだ。第二第三の祖母や折原を作ってしまう。

「もどれない」

呟いたとたん、足の下でピシピシと音がたった。

びっくりして見下ろせば、自分が立っている場所を中心点にして、地面に罅が走っていく。地面……

……違う、氷だ。薄い薄い氷。

足の下の氷が崩れだす。

冷たい海に滑るように落ちていく。

身体中の神経が悲鳴をあげる冷たさ。咄嗟《とっさ》に水上へと手を突き出す――手が硬いものにぶつかる。

頭上に張り巡らされた、分厚い氷。

氷にはダークスーツを纏った黒髪の男の姿が滲んでいた。

そして、その男の横には、白い長襦袢に身を包んだ青年がすらりと立っている。

青年は浅い二重の目を凪斗へと伏せて、目許《めもと》で涼しく笑んだ。それからツと顎を上げて、黒髪の男の肘にそっと手を添える。

黒髪の男はなにか探しているふうだったが、青年に視線を向けると口許をゆるめた。

青年の淡い色の髪に、男のしっかりした指が絡みつく。少し乱暴にされて、青年は白い喉を伸ばした。青年の仰向く顔に、男の美しい顔が重なっていく。

「――!!、かどの、さ――」

必死に氷を拳で叩く。唇からぼこぼこと気泡が溢れていく。口のなかに気管に肺に水が満ちる。

冷たい海に、自分の輪郭が次第に溶けて、消えていく。

＊＊＊

岐柳邸の離れの寝室、角能は眠る凪斗を見守る。

事故の際、咄嗟に凪斗を庇《かば》ったものの、車の窓ガラスに頭をぶつけさせてしまった。医師の診断では脳波にもＭＲＩ結果にも異常がなく、軽い脳震盪《のうしんとう》を起こし、そのまま過労から眠り込んでいるのだろうということだった。

……おそらく、岐柳邸を出てから凪斗の祖母が眠る墓地までも、敵は尾《つ》けてきていたのだろう。

けれどもガードが堅く、凪斗を直接襲撃することができなかったため、高速道路で体当たりの凶行に及んだというわけだ。

襲撃車は、護衛の車に軽く接触しながら無茶《むちゃ》な車線変更をして、凪斗を乗せたベンツに斜め後ろから突っ込んできた。八十島のハンドル捌《さば》きのお陰で大事故は免れたものの、一歩間違えば、どうなっていたか知れない。

突っ込んできた車はそのまま逃走したが、やり口からいっておそらく熾津組の犯行だろう。熾津組の若頭の臣は、好戦的な極道者として名を馳せている。岐柳組を弱体化させて熾津組に吸収するぐらいの腹積もりでいるのかもしれない。

——初《しょ》っ端《ぱな》からとんでもないのを敵に回すことになったな。

険しくなる角能の眸に映る白い顔が、かすかに眉根を寄せた。

「凪斗」

呼びかけると、小さく喉を鳴らして、凪斗が重たげな睫を上げた。

妙に透明な印象の眸が、するりと角能に向けられる。

「頭は痛まないか?」

上体を凪斗へと伏せて打った側頭部にそっと触れると、襦袢から伸びる両腕が角能へと伸ばされた。項に冷たい指を感じる。

凪斗からのこういう接触は久しぶりで、角能は思わず身動きを止める。ほっそりした腕が角能の首に巻きつき、縋りつきながら背を敷布から離す。

素直に甘える仕種に胸を締めつけられる。

角能は凪斗の背を掌で支え、身体を起こさせた。

吐息のかかる距離、長い睫が伏せられ、その影のかかる淡色の虹彩《こうさい》がぬるりと煌めく。色の薄いふっくらとした唇の端はかすかに上がっている。

角能のスーツの右肩に左手を残したまま、凪斗は掛け布団を乱暴に蹴って押し退けた。捲れ上がった裾を気にせず、右膝を大きく立てる。袷がよけいに深く割れ、薄桃色の肌に静脈をほのかに浮かせた内腿が露になる。際どい脚の付け根に彫り込まれた、鮮やかな黒蛇の尾が覗く。

まるで性交の最中のような媚態《びたい》に、角能は違和感を覚える。

「凪斗？」

訝しむ声音で名を呼ぶと、凪斗の瞬きの少ない目がすうっと細められた。

「……俺が、あんたを守るよ」

掠れぎみな声で。

「尭秋」

ごく自然に、凪斗は角能の下の名を呼び捨てた。


尖った白い踝《くるぶし》が、ほとんど上下せずにするすると進んでいく。

——いつもは、もっとドタドタ歩いて、いまひとつ格好がつかないんだが。

襦袢から覗く足運びを、座椅子《ざいす》に背を凭せかけて角能は観察していた。

離れの居間、広い座卓には本宅の料理人の手による夕餉《ゆうげ》が並んでいる。大きな舟型の器のなか、刺身にされた魚介類が見事なグラデーションを描く。

その舟盛りへの箸のつけ方にも疑問が生まれていた。

もともと凪斗は、口のなかで蕩《とろ》けるような甘海老《あまえび》が好物だ。まぐろは、大トロは脂っこくて気持ち悪いと赤身ばかりを口にする。食の嗜好が全般的に庶民的かつ子供っぽいのだ。

しかし、今日は大トロや、食感が好きではないと言っていた貝類、青みの魚を旨《うま》そうに食べた。

事故に遭って昨日の今日なのに酒を飲みたがり、妙に鮮やかな所作で猪口《ちょこ》を唇に運んだ。いつもは酔うと無邪気で愛らしい感じになるのだが、今日は酒が進むほど鋭い艶《えん》を目許に滲ませた。

いま襖を閉めている襦袢の後ろ姿ひとつ取っても、背筋がすっとして冷たい色香がある。蒼い夜へと白銀色の薄《すすき》が穂をざわめかせている図柄の襦袢、腰の低い位置で結ばれた藍色の男帯。

「こういう時ぐらい、楽にしていいんだぞ」

畳の縁を踏まずに座卓へと戻ってくる凪斗に、そう声をかける。

すると凪斗は立ち止まって角能を見下ろした。

「別に、楽にしてるけど？」

「いつもと違うだろう」

「いつも？」

ちょっと考える顔をしてから、凪斗は自身の座椅子には戻らずに、角能のほうにきた。そして片手で角能の前にあった皿を薙《な》ぐように横に押しやると、そこに細腰を落とす。角能の胡坐をかいたスラックスの腿に右の足の裏をトンと載せた。

「楽にしてみた」

唖然《あぜん》としている角能をおかしそうに眺めながら、凪斗は身を捩《よじ》って銚子《ちょうし》と猪口を手に取って一杯やる。見事に決まった婀娜っぽい姿だった。角能からは割れた裾の袷から、かなり深い場所までが見える。あと一センチ深ければ性器が見えているだろう。

とろりとした視線に顔中を舐《な》めまわされて、身体の芯が熟みだす。

「前に父さんが、尭秋のことを上玉だって言ってたっけ」

また、下の名を呼び捨てる。

凪斗は「角能さん」としか呼ばない。

間違いない。ここにいるのは、いつもの凪斗ではない。特別なスイッチが入っている状態なのだ。ショックなことが続いたり頭を打ったりしたせいで、一時的に切り替えがおかしくなっているのだろうか。そんなことを考えていると、ふいに凪斗の右足が腿からずるりと内側に滑った。

「……っ」

刺激に見下ろせば、スラックスの下腹に白い爪先が載っている。指がかすかに蠢くのに、踏まれている性器がじくりと疼く。苦笑して細い足首を摑むと、くっと足の親指と人差し指が股《また》を開いて陰茎に咬みついてきた。抓《つね》るように力が加えられる。

「凪斗」

痛みに眉間を寄せながら、座卓に腰掛けている青年を見上げる。

「いい加減にし――」

ろ、の言葉は酒でしっとりとした熱を孕んだ唇に食まれた。

目を開きあったままの口付けに、息苦しいまでの圧迫感を覚える。まるで蛇に呑まれかけているかのような。

角能の下唇に歯を立ててから、凪斗は顔を上げた。

旨いものを食したあとの仕種、桜色の舌がちろりと唇を舐める。

足の爪先に、陰茎の裏を根元から先端まで辿られる。

「おおきい」

呟きに、身体の芯に火を放たれた。

細腰を両手でがっしりと摑むと、座卓から畳へと引きずり下ろす。仰向けに凪斗の身体が倒れる。

襦袢の裾を摑み、左右に容赦なく開く。帯の下から人の字に開けた蒼い布。白い肌と、薄い草叢……

そして、反り返った性器が剝き出しになる。

あれだけ自分から煽《あお》ったくせに、恥部を晒させれば、凪斗はどこか痛いみたいに眉をひそめて、怨じる眼差しを向けてくる。恥ずかしいと訴えたげに首筋の肌が染まっていく。性器の粘膜めいた切っ先でぷつりと雫《しずく》が膨らみ、薄紅色の茎を伝い落ちる。

角能は濡れた茎を握り込みながら、凪斗に圧し掛かった。

首筋に咬みつくと、甘い喉声を引きながら、ヒクンと身体を跳ねさせる。

――凪斗…。

性戯《せいぎ》を仕掛けるとすぐにいっぱいいっぱいの様子になる、いつもの凪斗が思い出されていた。

ああいう凪斗も、いまの凪斗に負けないほど角能の欲をそそる。

抱くと甘やかしたくなるからといって、手を出さないように堪えた。そして、罰するような三日三晩に渡る酷いセックスを強いてしまった。

――いい年をして、ガキみたいに極端な接し方をした。

苦い自省が胸を過ぎる。

「……たかあき?」

いつの間にか愛撫が止まってしまっていたことに気づく。

角能の耳に唇を這わせながら凪斗が囁く。

「酷いのが、いい」

濃い毒を耳から脳髄《のうずい》にそそぎ込まれたようだった。

角能はほっそりした身体から襦袢を剝ぎ、凪斗の剝き出しの下肢を乱暴に拡げさせた……。

5

庭に植えられた淡く色づく一重桜が、春空に見事な花着きで咲いている。

三月下旬にしては薄ら寒い今日が、凪斗の代目襲名の日となった。

式場は岐柳組本宅に設《しつら》えられ、襖を取り払って三間を繋げ、床の間の前には三段の祭壇が据えられた。祭壇には縁起物の神饌《しんせん》の数々、それに火を頂いた白い蠟燭《ろうそく》が幾本も並べられている。

祭壇を奥に控え、向かって右側には岐柳久禎が、左側には凪斗が紋付羽織袴姿で端座している。組の幹部たちも左右の座にずらり居並んでいた。

桜沢の横には、桜沢の血縁上は甥《おい》であり、任侠界《にんきょう》では親子の縁を結んでいる久隅拓牟《たくむ》が座している。二十九歳という年のわりに凄みのある風貌が黒いスーツによく映える。

彼は桜沢ファイナンス株式会社で副社長を務めており、岐柳組のほかの表稼業をも掌握している。根は激しい気性の持ち主だが、桜沢の影響を受けたものか、昔気質《かたぎ》の仁義というものを解しており、凪斗にも好意的だ。

「本日ただいまより、おめでたき襲名の披露がおこなわれるのであります。親分、岐柳久禎から盃を受け、岐柳組四代目となられるのは、岐柳凪斗であります」

盃事を仕切る取持ち人の声が朗々と響き渡る。

角能もまた末席から凪斗を見守っていた。

背を伸ばして顎を引き、前方を昏く煌めく眸で見据えるさまには、どこにも若輩者の軽々しさはなかった。むしろ、そのすんなりとした肉体や、白い肌、淡色の眸と髪といった中性的な要素を孕んだ容姿のせいで、神懸り的に凜然とした絶対性を宿している。

しかし、角能は眸をわずかに曇らせる。

……凪斗は半月ほど前の事故以来、朝も昼も夜もずっとこの調子だった。元の、雑踏に紛れてしまうようなただの二十一歳の青年に戻らないのだ。

日常生活の所作ひとつ、いちいち鮮烈で色めいている。そういう押し出しのよさは出世には必要なものだ。堅気の世界でも、頭脳明晰《めいせき》で優秀な者より、人心を掌握することに長《た》けた者がトップを取るのが定石。極道のような本能的嗅覚の強い集団においては、なおさらそういった存在そのものの説得力が強みとなる。

久禎の前から凪斗の前へと盃台が運ばれた。

台上の純白の盃に、神酒《みき》がそそがれる。凪斗は盃を両手で持つと、三度に分けて色の薄いふっくらとした唇へと運んだ。

岐柳組の代目は、久禎から凪斗へと譲り渡された。

凪斗はいまこの瞬間から組織の棟梁《とうりょう》としての魂《たま》を譲り受けたこととなる。

久禎と凪斗が立ち上がり、久禎は右から左へ、凪斗は左から右へと歩を進める。白い蠟燭が幾本も並び燃える祭壇の前でふたりは擦れ違い、凪斗は右の座に、久禎は左の座へと腰を据えた。

取持ち人が見届け、声を張る。

「では、お手を拝借。よぉぉお」

儀式が無事に終わったことを示す、列席者一同による手締めの音が空間に満ち満ちた。

数奇屋《すきや》造りの本宅、主寝室の見張りを八十島に頼んで、角能は屋敷奥に位置する部屋の襖の前で膝をついた。

「三代目、お呼びでしょうか」

「ああ、角能か。入れ」

角能は中腰で部屋に入って襖を閉めると、そこに正座した。

座卓を挟んで、岐柳久禎と桜沢、そして桜沢の甥の久隅拓牟が酒席を設けていた。とはいっても、肝硬変から腎不全を併発し人工透析を受けている身の久禎は、酒は口にしていないようだ。

「あれはもう休んだか？」

「はい」

「気張って務めたから、仕方ねぇか。なぁ、角能、俺も今日から悠々自適の隠居生活だ。そう畏《かしこ》まらずに、こっちで相伴しろ」

隠居という響きは、政界や任侠界ではここから一花二花咲かせて当然という齢《よわい》の、視線ひとつで人を圧する気を放つ岐柳久禎にはあまりに不似合いだった。いまも、鈍色《にびいろ》の紬《そで》に半纏《はんてん》を袖抜きで羽織って胡坐をかいている姿は、堂々として粋《いき》なものだ。

隠居とは名ばかりで、というのは組の内外問わず誰もが想像したことだろうが、久禎は代替わりの儀式の前に、すでに自身の身の回りのものを本宅奥の一角に移していた。そして今晩から、これまで自分が使っていた空間を凪斗に譲ったのだった。

代替わりを急いだことといい、潔い引きぶりといい、角能は久禎がみずからの余命をおおよそ把握しているのではないかと感じていた。

岐柳の大蛇が奥で目を光らせているうちに、なんとしてでも凪斗を岐柳組の大黒柱として内外に認められるようにしなければならない。

それは組のためではない。

凪斗のためだ。凪斗を生き延びさせることが、角能にとっての最優先事項だった。

「お疲れさまです」

角能の猪口に熱燗《あつかん》をそそぎながら、久隅拓牟が労《ねぎら》う。

久隅には、しばらくのあいだ実質的に若頭の役割を担ってもらうことになる。本人が表稼業に支障をきたすからと若頭となることを辞退したため、組内部が整うまで表向きには若頭の席は空けておくこととなった。若頭を担いで、クーデターを企てる輩が出ることが容易に想像されたからだ。

「それにしても、角能。おまえが凪斗と割り盃を交わしていたとは知らなかった」

久禎が深い眼差しを向けてくる。

代目襲名式ののち、これまで久禎と盃を交わしていた者たちは、新たな当代となった凪斗と親子盃を交わし直した。

角能はすでに凪斗と兄弟盃を交わしており、普通なら凪斗の格が頂上に至ったわけだから、それを親子盃に直すものだ。

しかし、角能と凪斗の直すべき盃はすでにこの世に存在しない。

凪斗と兄弟盃を交わした直後、角能が純白の盃を割ったからだ。それは「割り盃」と呼ばれるもので、二度と盃を返すこと――結んだ契りを切ることができなくなる。

「あれと添い遂げる心積もりというわけか」

「はい」

きっぱりと答えると、岐柳久禎は目尻に皺を刻んだ。満足げに言う。

「凪斗におまえを与えたのは正解だったな。険しいみちゆきには伴侶《はんりょ》が必要だ。凪斗もいい具合に脱皮したようだしな」

それを受けて、桜沢が頷く。

「今日の儀式といい、この頃の凪斗さん――いえ、四代目の一挙手一投足には人を惹きつけてやまないものがおありです。趣《おもむき》は違えど、蛇性の色は三代目譲りで」

ふたりが手放しでいまの凪斗を褒めるのに、角能は胸に重い痞《つか》えを感じる。

「……三代目がおっしゃっていた脱皮とは、こういうことだったんですか？」

「異論でもあるか？」

「脱皮というより、幼虫が蝶《ちょう》になるほど違うものになったように感じますが」

そして角能は、蝶の艶やかさに目を奪われつつも、そのなかに前の脆い軟体生物の姿を懸命に探している。

「まぁ、たしかに急に育ちすぎたな。俗に言う『化けた』ってぇやつか。だが、年が足りないぶん、あれぐらいの押し出しのよさでようやっとトントンだ」

「俺には、かなり無理が生じているように見えますが」

「できない無理をしないで、道が極められるか」

「岐柳の大蛇は、誰よりも無理を重ねてこられましたからね」

桜沢がしみじみと言う。

「背負ったモンモンに喰われねぇように必死だったさ——そういや、久隅、おまえが入魂のモンモンを殺したって噂を聞いて、彫滝が意気消沈してたぞ」

久隅の背には、巨大な蜘蛛が彫られている。凪斗と同じ刺青師の手によるものだ。

しかし、去年の晩秋にそれをみずから焼いて傷つけてしまったという。

「惚れたイロに操を立てるためにしたことなんで悔いはありませんが、彫滝さんには一度詫《わ》びを入れてきます」

久隅はしっかりした造りの面立ちに、苦みと照れを滲ませた。男くさい猛々《たけだけ》しさに純情が混じり込む。相手が堅気ということで久隅は誰にも情人を紹介しないのだが、本気で惚れ抜いているのだろうと角能は微笑ましい気持ちになる。

「彫滝の刺青は一級品なだけに人を喰らうからな。まぁ、惚れたイロのために殺したのなら、それもありだろう」

久禎の言葉に、角能は眉をひそめた。

「人を喰らう……」

その呟きを桜沢が受ける。

「心血そそいで創り出されたものには魂が宿る。彫滝の刺青にはどれも魂が入るから、主人の格が低ければ刺青に負けることになる。たいそうなモンモンを背負っているという自意識に負けて自滅することもあれば、モンモンに魅了されたり敵愾心《てきがいしん》を抱いたりして寄ってくる者たちに滅ぼされることもある」

「……」

ぞくりとした寒気を角能は覚えた。

自分が凪斗に担わせた双頭の蛇の刺青。彫滝はその出来栄えを、自分の仕事のなかでも屈指のものだと評した。

元に戻らなくなってしまった凪斗。

蛇性を晒す「岐柳凪斗」。

あの刺青の蛇に、凪斗は喰らわれてしまったのではないか？

考えてしまってから、否定する。

――いや、ものの譬《たと》えだ。くだらない。

くだらないと思いつつ、焦燥感は角能の胸に深く浸透していた。

午前三時頃、酒の席を辞した角能は主寝室に戻った。隣の間でペーパーバックを読んでいた八十島に下がってもらい、襦袢を纏う。岐柳家の箪笥には眠っている着物が山ほどあり、お陰で普通なら勿《もっ》体《たい》なくて寝間着代わりになど使えないような襦袢を夜着として与えられている。

そもそもは、凪斗に着物の所作を身につけさせるのが狙いだった。岐柳の紋の入った羽織袴を作ったとき、どうにも七五三……いいところが成人式のような浮きっぷりで、これはいけないと久禎と桜沢は難しい顔をした。スイッチの入っているときの凪斗はともかく、普段の凪斗はあくまでそこらへんにいる二十歳の若者だった。

浴衣や襦袢を着るようになってからも、袂《たもと》の口をあちこちに引っかけたり、裾を踏んだりという体たらくで、本宅に移って日常的に生粋の構成員たちの目に晒されるようになった暁にはどういう評価を受けるものかと、角能も不安を覚えたものだ。

それでも少しずつ所作も整い、普段でも深い眼差しを覗かせるようになってきていた。

その延長としてゆっくり育って現在のかたちに到ったのならば、角能も自然に受け入れることができただろう。

たしかに、以前からセックスのときや、ここぞといった決め場で、蛇の性が前面に出てくることはあった。それが凪斗の本質の一部であることも理解しているし、そこに強烈に惹かれもした。

しかし、生まれてからこの方、築き上げられてきた凪斗――円城凪斗という人間性がこのまま失われることは、とてもではないが受け入れられない。

角能は傍にいるのにいない存在を想いながら、凪斗が眠る布団の横に敷かれた褥に横たわった。

眠りの浅瀬をひと潜《くぐ》りして、ふと目が覚めた。

枕元の行灯から透けるほのかな光を頼りに横の褥を確かめる。

角能は目を見開いて上体を跳ね起こした。そこに眠っているはずの凪斗の姿がない。

襦袢の裾を乱して立ち上がると、半開きになっている襖から隣の書斎に抜けた。書斎から次の間に続く襖も開いている。そちらへと急ぐと、その次の襖のむこうに垣間見えた光景に、角能は胸を撫で下ろした。

広縁から畳へと、青白い月明かりの帯が広げられている。

雨戸と窓が開かれていて、庭には白地の絹襦袢をすんなりとした身体に纏わりつかせている凪斗の立ち姿があった。群雲《むらくも》のごとく咲き誇る桜の花を見上げているのだろうか。

角能はわざと足音をたてて畳を進んだ。

凪斗がゆるりと肩越しに振り返る。月明かりに白い顔が切り出される。

横目の眼差しはぞっとするほど鋭い。しかしそれは角能だと知ると、すぐに和らんだ。

……こんなふうに始終、気を張っていて疲れないわけがない。凪斗はボディガードである角能といるときでも、常にあたりの気配を読んでいるふうだった。

性交の最中ですら、それは変わらない。媚態の陰に、いつでも攻勢に回れそうな冴え冴えとした核を保ちつづけているのだ。

凪斗が裸足なのに気づき、角能は下駄《げた》を足に引っかけながら、もう一組の下駄に手を伸ばした。鼻緒に指を引っかける。

横に並んで、角能はようやく凪斗が右手に燐光《りんこう》を放つ凶器を握っていることに気づく。

「自分の家の庭で持っているのには物騒すぎるぞ」

「どこも、安全なところはないよ」

「――そうかもしれないな」

片膝を地について下駄を凪斗の足元に置く。

と、俯いたまま、角能は眸を固めた。首筋に冷たい重みがかかっている。凪斗が久禎から誕生日に贈られた日本刀。その剝き身の刃をひたりと項に載せられていた。

体表をぞくぞくとした痺れが包む。

「尭秋」

静かな声が降ってくる。

「俺にとって本当に意味があるのは、尭秋との盃だけだから」

「……ああ」

代目を継ぐための盃も、構成員たちとの親子盃も、自分たちの二分八の盃には敵《かな》わない。

凪斗もそう感じてくれていたことに、甘美な悦びが沸き立つ。

問われる。

「破滅だって、一緒にしてくれるんだろ?」

凪斗の爪先に、早くも地に落ちた桜の花びらが纏わりつく。

その花びらにすら嫉妬《しっと》するほど。

「破滅でも奈落でも、どこへでも俺を連れていけ」

凪斗が肩の力を抜いたのが、重くなる首筋から知れた。その重さがスッと去り、代わりに肩に手指のかたちがめり込むのを感じる。

土に汚れた爪先が、するりと鼻緒をくぐった。


凪斗は美大を退学した。そして、堅気の生活には微塵《みじん》の未練も残していない様子、岐柳組四代目として、組の表稼業と裏稼業、構成員の人心の掌握に努めた。

余所《よそ》の組織とのパイプ作りに欠かせない冠婚葬祭への出席も、できるだけ自身が北海道《ほっかいどう》から沖縄《おきなわ》まで現地に飛び、顔を売って、義理を結んだ。角能は凪斗から一時も離れずに付き従った。

隠居した久禎は表向きは口を挟んでこないものの、本来なら入院すべき身で渡世へと目を炯々《けいけい》と光らせ、凪斗を陰ながら庇護《ひご》していた。もしいま久禎が入院などしようものなら、これ幸いと組内外の連中は若すぎる四代目へと牙を剝くだろう。

久禎も桜沢も久隅も、そして角能も、基盤作りに全力を尽くした。

その基盤のうえに立って絶え間なく襲ってくる荒波に耐えうるかどうかは、凪斗の資質次第だ。

そして、凪斗は周りの尽力に応えて、よく励んでいる。

四月、五月は目まぐるしく過ぎていき、凪斗の渡世での売り出しはなかなか順調に進んでいった。

一息ついた六月の入梅のころ、緊張の糸がゆるんだものか、凪斗は体調を崩した。過労状態に陥って当然の強行軍をこなしてきたのだ。細々とした義理ごとは久隅に代行してもらうことにして、凪斗は短い休養をとることになった。

骨休めに入った凪斗は、よく眠った。

涼しい様子で岐柳組四代目として立ち回っていたが、過労の澱《おり》は心身の奥底に溜め込まれていたのだろう。


雨の降る午後。書斎の開けられた障子窓の桟に肘をつき、角能は中庭を眺めていた。

小さな赤紫色の花を丸く群れさせている紫陽花《あじさい》にも、苔《こけ》むした石灯籠《いしどうろう》にも、敷かれた玉砂利にも、糸のような雨がしずしずとそそいでいる。

ときおり風が吹いて、雨の線にゆるやかな角度を加える。角能の髪や肌にも雨粒が載せられていた。

膝の温かな重みが、わずかに移動する。

角能は湿った睫を伏せた。胡坐をかいたスラックスの暗い色合いに、淡い色の髪が散っている。前髪のかかる瞼はほのかな丸みを帯びて閉ざされ、その縁に生え揃った睫は長い。くすんだ黄緑色の畳のうえ、水色の襦袢に包まれた細身の身体はなかば仰向くかたちで投げ出されている。

無防備に首を伸ばしきり、凪斗は角能の膝に頭を載せて眠っていた。

意識が失われているせいか、眠っているときの凪斗は年よりも幼げに見える。角能は、この眠る凪斗のなかに以前の凪斗を見るのを、密かなせつない愉しみとしていた。

また雨が吹き込んできて、凪斗の白いこめかみを雨の雫が流れた。それを指先でそっと拭ってやりながら気づく。

――そういえば、もう何ヶ月も凪斗の涙を見ていないな。

淡い色の眸から、想いを搾るように吐かれる涙。

思い返せば、自分は初めから凪斗を泣かせていた。

去年の夏の初め、三代目に言いつけられて凪斗を迎えにいき、強引に連れ去って自分のマンションに監禁したときも、凪斗は現実を受け入れられず、今日の雨みたいに泣いていた。

あまりにも普通すぎる覚悟のない若者を前にして、角能はとても岐柳組を継ぐ器ではないと苦く思ったものだ。

しかし、凪斗のなかの二面性を知り、気づいたときにはどちらの凪斗にも惚れていた。

それなのに、よく泣くほうの凪斗は三ヶ月前の事故以来、一度も表に出てきていない。

……一度はくだらないと否定したものの、最近やはり思うのだ。

自分が凪斗という人間に触れて感じたところから図案を起こした、双頭の蛇。彫滝によって命を吹き込まれたそれに、円城凪斗という若者は喰われてしまったのではないか？

だとしたら、蛇の腹のなかで、円城凪斗はまだかたちを留めているだろうか？

久隅拓牟は自身の背の蜘蛛を焼き殺したという。

もしや刺青の蛇を殺せば、元の凪斗が戻ってきたりはしないか。

こうしてずっと凪斗の傍にいられることに悦びを感じている、四代目を張るに足る人品となってくれたことを頼もしく思っている。いまの鮮烈な凪斗に陶酔を覚えているのも確かだ。

けれど、そのためにもうひとりの凪斗が屠《ほふ》られたのだとしたら――――。

「凪斗」

頼りない若者にかける、からかうような甘やかすような声音でそっと呼ぶ。

ひくりと、睫が震えた。眉根が寄せられて、透ける色合いの眸が現れる。

せっかく寝顔を愉しんでいたのに起こしてしまった。

「まだ眠っていていいんだぞ」

じっと下から見つめられる。

凪斗は膝のうえでゆるりと頭を転がすと、角能のスラックスの下腹に顔を伏せた。止める間もなく、ジッパーを下げられた。下着の前を下げられてペニスを摑み出される。先端を温かな口に含まれる感触に身震いしながら、角能は障子窓を閉めた。


忙しない口淫の湿った音が、かすかな雨の音と入り混じる。

角能は障子窓に背を凭せかけて、快楽に喉を短く鳴らす。

口で角能の性器を猛らせると、凪斗は襦袢の裾を乱して跨ってきた。

「すごいがっつきぶりだな」

思わず呟くと、凪斗が目を細めた。

すぐには体内に含まず、角能の腰のうえで膝立ちすると、腿の奥の狭間を勃起の頭に擦りつけはじめる。その欲情に張った熱っぽい部分を教えられて、角能の欲はいっそう力を増す。焦《じ》れ焦れと煽られる。窄まりに先端が重なったとき、本能的に凪斗の胴を摑み、腰を突き上げた。先端が熱い粘膜にもぐり込む。

「あっ」

驚いた声をあげて、凪斗が細腰を跳ね上げた。たまらない。角能は凪斗の襦袢の裾に両手を突っ込むと、肉の薄い臀部を鷲摑《わしづか》みにして左右に押し開いた。そうして、やわい粘膜を自分の一部でゴリゴリと貫いていく。

短い声を幾つもあげながら、凪斗が全身を跳ねさせる。

根元まで挿すと、蕾の部分がきゅうっと痛いほど締まって、内壁がペニスを消化したいみたいに複雑な蠕動を始める。熱くて狭い筒にこりこりと性器を食べられて、角能は深い酩酊感《めいていかん》を覚える。

気がついたときには、力いっぱい下から突き上げていた。

振り落とされまいとするように、凪斗が必死に肩に指先を食い込ませてくる。

「おまえのここは、まるで蛇の腹のなかだな……ぐにゃぐにゃ蠢いて、俺を喰らってる」

素直な髪を揺らしながら、凪斗が眸をぐっしょりと濡らす。

「……ヘンな言い方、するなよ、っ」

どきりとした。

いまにも泣きだしそうな弱りきった表情、その物言い。以前の凪斗のような。

角能は思わずほっそりとした若者の身体をきつく抱き締めた。そのまま押し倒して、凪斗を自分の

下に巻き込む。なぜか凪斗は手足をもがかせて抵抗した。それを封じて繋がりを深くする。なかを緩急をつけて掻きまわしてやる。

甘くて弱々しい呻きを凪斗が引っきりなしに漏らす。

「待――こういうの、ヤだ」

久しぶりに、セックスの主導権が完全に角能へと移っていた。

うねる内壁をねちねちと苛むと、焦点の合わない薄茶色の目から涙が溢れ出す。

その涙に角能は頭の芯に痺れを覚える。

「こんな、されたら……わからなく、なるっ」

「わからなくなれ、ほらっ」

下腹を小ぶりな臀部に激しく叩きつけていく。

「ん、んんん――ぁ、あっ、あ、あ」

抵抗もままならないぐらい犯していけば、快楽に痴《し》れる凪斗のなかに、昔の凪斗の影が色濃く浮かび上がってくる。

「凪斗……凪斗っ」

容赦なく追い上げながら、角能はもうひとりの凪斗を必死に摑もうとしていた――。

以前の凪斗が現れたように思ったのは、気のせいだったのだろうか？

夕餉の席では「岐柳凪斗」に戻っており、久禎と大阪における旗島会と熾津組の長丁場になっている抗争について難しい顔で意見を交わしていた。旗島はかなり熾津に押されているらしい。

しかも、熾津組には元岐柳組若頭の辰久と、補佐役だった数井が身を寄せているのだ。おそらくその関係もあって、この数ヶ月、凪斗の周りにはヒットマンらしき影が頻繁に見受けられた。

このまま旗島会を潰して関西の筆頭暴力団となり、さらに関東の岐柳組のシマをも奪おうというのが、熾津組の算段なのだろう。

今回の抗争を仕切っている熾津組若頭、赫蜥蜴の臣は武闘派で名を売っている男だが、その手段を選ばないやり口は大陸系マフィアと相性がいいらしい。この抗争でも、マフィア連中が暗躍しているという。

――しかし、ヤク中の辰久はともかく、数井ほどの切れ者が、ノールールで信用の置けない熾津臣と手を組むのは解《げ》せないな。いや、そもそもあの辰久といまだに行動をともにしていることこそ、不可解か。

能面のような顔に眼鏡をかけた数井正彦《まさひこ》を、角能は思い浮かべる。

思えば、曲がりなりにも未来の四代目として一目置かれていた辰久がおかしくなりだしたのは、数井を重用してからだった。たった二、三年ほどのあいだに、すっかりヤク中になり、とても組を継がせられないと久禎が判断を下すに至った。

そして落とし胤《だね》の凪斗が後継者候補となると、辰久はさまざまな妨害を仕掛け、凪斗を貶《おとし》めた――

その謀略が結果的に凪斗と角能の結びつきを深いものにして、凪斗の蛇性の血を決定的に目覚めさせることとなったのは、まったく皮肉な運びだったが。

辰久はいまでも岐柳組四代目の座を奪った凪斗のことを、殺すだけでは飽き足らないほど憎んでいるに違いなかった。

凪斗は食事のあとに湯を使い、舎弟企業からの報告書に目を通してから、今晩も早めに床に就いた。

午後のセックスのときに垣間《かいま》見えたもうひとりの凪斗のことがひどく気にかかっていた角能は、背を向けて寝ようとする凪斗へと覆い被さった。

すると、腕のなかで大袈裟《おおげさ》なほどびくりと身を竦めて、凪斗は角能を押し退けた。

「しない」

セックスを拒絶されるのは、絵を持って出奔しようとした凪斗を抱いたとき以来だった。

むしろ事故からこちらは、凪斗に求められることのほうが多かったほどで。

「しばらく、しないから」

どこか怯えを孕んだ声で言うと、凪斗はふたたび角能に背を向けて、掛け布団へと顔を沈めた。

……やはり、なにか様子がおかしい。以前の凪斗を彷彿《ほうふつ》とさせるものが、いまも滲んでいたように思われた。

無理やり抱いてしまおうかとも思ったが、午後の性交が三度に及んだことを考えれば、これ以上強いることも躊躇われた。角能は気持ちを引かれながらも自身の褥に横たわる。瞼を閉じると、目の奥がチクチクと熱っぽく痛んだ。

それから三十分ほどもたったころだったか。横の布団が衣擦れの音をたてた。暗がりに薄目を開けて見ていると、凪斗が褥から上体を起こした。しばらくぼんやりと宙を見つめてから、布団を抜けて立ち上がる。寝ぼけているのか、覚束《おぼつか》ない足取りで寝室を出ていく。トイレだろうか。角能もまた布団を抜けて、そろりと立ち上がった。

開けられたままの襖へと向かうと、隣の書斎からガタガタと音が聞こえた。

息を潜めて襖の陰から隣室を覗き込む。

座卓のうえの行灯から漏れる灯りのなか、凪斗は押入れからなにかを取り出した。墨染めの風呂敷に包まれた、平べったい大きなものだ。それを押入れの奥にしまったのは自分だから、中身がなにかを角能は知っている。

幾層にも重なった色の波紋が現れる。

「初恋」だ。

汚したところの色が淡くなっているように感じられるのは、罪悪感からくるものだろうか……。

凪斗はぎくしゃくとした動きで絵を摑むと、壁に立てかけた。そして絵と向かいあうかたち、ゆるく乱れた浴衣姿で畳に尻を落とす。一心に絵を見つめる横顔。その姿は、なんともしどけなく、子供っぽかった。

ふっくらした唇が、かすかに動き、泣くみたいに震えた。

いや、泣いていた。

凪斗のなめらかな頬に、つうっと透明な線が引かれる。それは途絶えることなく、次から次へと。

胸を締めつけられる感覚に、角能は思わず隣の間へと踏み出す。

畳がきしりと啼き、凪斗がハッとこちらに顔を上げる。

目が合ったとたん、本当にせつなそうに凪斗の眉根が寄せられた。

唇がまた動いた。音は出ていない。けれども、視覚で捕えた言葉は幻の声となって、角能の頭のなかで呟かれた。

『角能さん』

確信する。

いまここにいるのは、元の凪斗だ。円城凪斗として培われた人格。

年相応に頼りなくて、どこにでもいそうな学生で、不器用で、すぐにいっぱいいっぱいになる――愛らしい。

「凪斗」

みっともなく声が震えた。

凪斗が膝小僧を見せて畳をあと退《ずさ》る。

「くるなっ」

掠れた声が悲痛に訴える。

「角能さんを、守れなくなる」

「なにを言ってる？　おまえは、ただ俺に守られていればいいだろう」

畳に膝をついて凪斗へと手を伸ばす。触れたかった。

「触るなってば……」

濡れた頬に触れる一瞬前に、凪斗の瞼がぱたりと落ちた。そのまま身体が傾いでいく。

「凪斗！」

抱き込みながら支えた肉体はくったりとしていて、すでに意識を失っていた。

「このなかに、いるんだな――戻ってこい……頼むから」

等身大の人形のような凪斗を腕に深く守り、角能は飽くことなく素直な髪を撫でつづけた。

6

薙いだ刃先が、大きく下に流れる。

思うように操ることのできない凶器に、凪斗は舌打ちする。

岐柳宅の敷地の一角に設えられている稽古場《けいこば》には、午前の光が格子窓のかたちに刳《く》り貫《ぬ》かれて落ちていた。板敷きの間を擦る足の裏にできたマメはいまにも潰れそうだった。半袖のTシャツが汗で肌にへばりついている。

「そうイライラしなさんな。それは二キロ弱あるから、体重がないぶん、もう少し重心を下に持っていかないと振りまわされる」

八十島に、凪斗はむっつりとした表情を返す。

「非力で役に立たない身体だ」

「まぁ、それだけいろいろ鍛錬して筋肉がつかないんだから、体質の問題だろう」

「尭秋ぐらいの体格がほしい」

凪斗が百八十七センチ、七十五キロの身体になったところを想像したらしい。八十島が非常に微妙な表情になる。

「おいおい、凪斗くん。熾津組の若頭みたいな武闘派でも目指してるのか？」

「身体さえ恵まれていたら、そうしたいぐらいだ」

八十島がやれやれと言いたげに肩を竦める。

「筋力が足りないぶんは、前に教えた古武道の要領で背筋でまかなう癖をつければカバーできる」

凪斗は乱れる息を嚙みながら、父から贈られた日本刀の柄《つか》を握りなおす。腕から背筋に繫がる筋を意識する。

――銃も刀も体術も、もっと自分のものにしないと。身体も、もっと鍛えて。

肉体面の脆さが、精神面を侵食しだしているのを自覚している。

一週間ほど前、過労が抜けないなか、寝ぼけたまま性交に及んだのがいけなかったのか。封殺したはずの、惰弱な自分が表に出てきた。夜中には、気がついたら絵の前で泣いていた。その情けない姿を角能に見られてしまった。

この心と肉体を鍛え、コントロールしないと、また弱ったときに唾棄すべき自我が出てきてしまうかもしれない。

――そうなったら、また繰り返す。

祖母を喪《うしな》ったように、折原の大事な手に怪我を負わせたように、また新たな死傷者を出すことになるだろう。

折原はあれから二度の手術を受けたが、右手の神経の大部分がうまく機能しないままだ。指先は右手の親指の先と左手の中指と小指の先端が欠損した。……ピアニストよろしくパソコンのキーボードのうえを踊っていた折原の手指が鮮明に思い出される。

胃が重くなり、胸がむかつく。

――元に戻ってしまったら、尭秋のことも守れなくなる。

『なにを言ってる？　おまえは、ただ俺に守られていればいいだろう』

――指を咥《くわ》えて失うだけでいろっていうのか？　そんなのは絶対に嫌だ！

支柱に括られている巻き藁《わら》に、だらしなく泣く「円城凪斗」の姿を重ね合わせる。

浅い二重の目をクッと眇めると、凪斗は滑るように歩を進めた。刀を左下段に運んで、青光りする刃をぎらりと返す。呟く。

「役立たず」

左下から右上へと、刀を払い上げる。

すっぱりと鮮やかな断面を晒して、巻き藁は板敷きの床にドッと落ちた。

それを凪斗は淡い双眸で冷ややかに見下ろす。


その晩、古賀組組長の招きで、凪斗は赤坂《あかさか》の料亭に向かった。

シャツにネクタイ、スーツを微妙な黒の濃淡で統一することで、見目のひ弱さをカバーした。和装よりも、洋装のほうが貫禄の誤魔化《ごまか》しが利かないので苦労する。

四ヶ月前、凪斗が古賀組と三沢組の手打盃の仲裁人を務めて以来、双方の組のあいだにはこれといった諍《いさか》いもなく過ぎていた。

三十代後半の古賀組組長は強面《こわもて》ではあるものの、下の面倒見がよく、構成員二百十人をしっかりと統制下に置いている。大きな所帯でないとはいえ、いまどき三沢組ほど一枚岩の組織も少ない。仲裁の儀を受けたからといってこれまで積もってきた悪感情がゼロになるわけではないのに、組長を信奉する構成員たちはその決定にとことん従い、犬猿の仲だった三沢組とも揉め事を起こさないように努めているのだ。

この世には、漢を動かす力点が幾つかある。

金、権力、女——そして、漢惚れだ。

金と権力は移ろえばそれまで。

女に心血をそそぐ者は身を滅ぼす。

その点、人となりに惚れ込む漢惚れは、境遇や人生の浮き沈みを超えて続いていくものだ。

凪斗はすでに幾度か古賀組組長と、こういった酒の席をともにしているが、学ぶべきものを毎回見出していた。

岐柳組は下部組織を除いた直系の構成員数だけでも、古賀組のおよそ九倍の規模だ。そのため、どうしてもいくつもの派閥を内包することになる。四代目となってつくづく、凪斗は父である三代目がいかに求心力のある棟梁であったのかを思い知らされていた。

人のうえに立ち、組織をまとめ上げつづけていくのに費やされる体力気力は膨大だ。瞬発力の勢いだけでは、長持ちしない。頭の芯をクールダウンして何手か先まで読み通していく醒めた感覚と、人心を巻き込むだけの熱情が必要になる。

「失礼承知で言わせてもらえりゃ、その若さであれだけの組を継ぐってのは、どんなおふざけか、岐柳の大蛇ともあろうお人が子供可愛い親馬鹿かと思いましたがね。しかしまぁ、凡人のいらぬ心配でしたわ」

古賀がエラのしっかりした色黒の顔をくしゃりとする。

「四代目がどんなふうに渡世を張っていくのか、考えるだけで気持ちが盛り上がるってもんです。うちはご存知のとおり小っさい組ですが、なにかの折には精一杯のことをさせてもらいますんで。これからも、重ね重ね、よしなに」

凪斗は「こちらこそ、何卒よろしくお願いします」と、微笑して頭を下げた。

この料亭の女将《おかみ》が古賀の情人ということも安心感に繋がり、古賀の組長と若頭は元より、凪斗と角能もいくぶん、気がゆるんでいたのかもしれない。

締めに出された日本茶の妙に甘い匂いのする湯気をすっと吸い込んだとたん、横の角能に湯呑みを取り上げられた。

「飲むなっ」

しかし角能の言葉より先に、向かいの席の古賀組のふたりはすでに呷《あお》り飲んでしまっていた。古賀はなにかを言おうとしたようだが、そのまま座卓に突っ伏した。古賀組若頭もばったりと仰向けに倒れる。

中庭に面した広縁から複数の荒い足音が聞こえてくる。襖がバンッと開けられ、ダークスーツ姿の男たちが踏み込んできた。

角能が懐のホルダーから銃を抜き、凪斗を自身の背後に押しやる。

乱入者は五人。ふたりが銃を持ち、三人が匕首《ドス》を握っている。勢いに任せて襲いかかってこないということは、単純に命を殺る目的ではないということか。

いざとなったら角能の前に飛び出せるように片膝を立てながら、凪斗は強い声で誰何《すいか》した。

「どこの組の者だ？　目的はなんだ」

男のひとりが、座卓に上体を伏せている古賀の背後で中腰になる。

ぎらつく匕首の刃が古賀の太い項に載せられ、浅黒い肌をピタピタと叩いた。

「岐柳の四代目さん、わしらと一緒にきてもらいましょか」

——目的は、俺か……そして関西弁、ということは。

「織津組の者か？」

その問いに応えるように、あとからきた男が部屋に入ってくる。男たちは自然と左右に道を開けた。

部屋の空気の圧がぐっと増す。

凪斗は新たな男の顔を凝視し、それが誰であるかに気づく。

写真でさんざん見た風貌だ。体格は角能と遜色《そんしょく》なく、三白眼の眸は灰色で、右の涙袋に黒子《ほくろ》がある。

髪はオールバックにしてあり、どこか大陸的な雰囲気の漂う偉丈夫だ。上質な仕立てのスリーピースを纏っているが、この男を堅気と間違う者などいないだろう。

織津臣。織津組若頭、通り名は、赫蜥蜴の臣。

この男の背には、肉を焼け爛れさせる劫火《ごうか》の赫で、巨大な蜥蜴が彫り込まれているという。

「初見やな、岐柳の」

品定めする眼差しを、凪斗は無言で受け止める。

視線の攻防は、どちらも折れなかった。

古賀の背後から、下っ端《したっぱ》が焦れたように煽ってくる。

「はよ、アンちゃんの後ろからハイハイして出てきなはれ。せやないと、古賀さんの頭が胴体から取れまっせ？」

匕首の角度が変えられ、刃が古賀の項に軽くめり込む。

ほかの者も大声で喚く。

「盟友を見捨てよるとは、関東の親分さんは情が冷たいのぉ。ま、ションベン臭いボンには、仁義のジの字もわからへんか？」

憤りに強張る角能の肩を、凪斗は後ろからそっと摑んだ。

考える。角能の射撃の腕をもってしても、赫蜥蜴の臣と五人の暴漢を相手に無傷で退去することは困難だろう。しかも昏睡《こんすい》している古賀組のふたりを連れて逃げることは、まず不可能だ。

縁ある古賀組組長と若頭を見捨てることはできない。

個人的感情として古賀が気持ちのいい漢で好感を持っているというのもあるが、そのうえ、自分は古賀組にとって手打盃の仲裁人なのだ。

もしもここで古賀を見捨てるようなことがあれば、たとえ古賀に怪我のひとつもなく済んだとしても、あの仲裁は無価値に帰す。

窮地に神経は昂ぶっているはずなのに、その奥底で冷静に計算している自分がいた。

——答えは、ひとつか。

腹を据える。

凪斗はそっと角能の耳の後ろに唇を寄せた。

「尭秋、自分の身を守ることだけを考えろ。俺は大丈夫だから」

「なにを…」

凪斗はすっと立ち上がると、熾津臣を見据えた。

立ち上がろうとする角能の肩に、ぎりと指を喰い込ませて止める。

「熾津組の方とは、ぜひ一度、膝を突きあわせて話をさせていただきたいと思っていたところです」

赫蜥蜴の臣は片頬でかすかに嗤《わら》った。

「どうやら岐柳の子蛇は、アホとはちゃうようやな」

「ご招待に応じるからには、そちらにも仁義を通していただきます。ここにいる三人、この料亭でお勤めの方々、一般の客人にも、決して手出ししないとお約束ください」

「ああ、約束したる」

と、凪斗の制止に逆らって、角能が立ち上がった。

「連れていかせるか」

角能の銃口が上げられるのと同時に、敵の二丁の銃が角能へと向けられた。

凪斗はするりと自身のスーツのポケットに手を滑り込ませた。バタフライナイフの刃をチャッと出す。おそらく、敵も角能も、凪斗が応戦に出ると思ったに違いない。

しかし、バタフライナイフが敵に向けられることはなかった。

凪斗は自分の顎の下、頚動脈にひたと冷たい刃を載せた。

横目で鋭く角能を見ると、漆黒の目が見開かれている。

「尭秋、邪魔をしたら、この首を掻っ切る」

角能が自分をみすみす敵に渡すはずがない。だが、いまこの状態で反撃に出れば、角能は命を落としかねない。角能と古賀たちを、そして岐柳組四代目として看板を守るためには、こうするよりほかなかった。

角能はなにかを言おうとし……凪斗の意図を読んでくれたのだろう。血が滲むほどきつく唇を噛み締めた。

「古賀さんたちを頼む」

角能の眸をじっと見つめてそう告げてから、

「こちらの銃口を下げさせますので、そちらも物騒なものを下ろしてください」

凪斗は自身の首に刃を当てたまま歩きだす。

熾津臣の前に立つ。

「子蛇はしばらくうちで飼《こ》うたるわ」

角能に言葉を投げながら、臣はバタフライナイフを取り上げると、凪斗の肩に手を回してきた。なかば抱き竦められるようにして、料亭の裏口に向かわされる。逆らわずに歩いていくと、ふいに首筋にちくりとした痛みを覚えた。そして三歩も歩かないうちに膝ががっくりと折れる。

なにか薬を打たれたらしい。

身体が宙に浮く。男の肩に抱え上げられて運ばれていく。

意識が途切れるその時まで、凪斗は懸命に音を拾いつづけた。銃声は聞こえない。

――尭秋、どうか無事に……、………。

＊　＊　＊

古賀組組長のテリトリーということで、警備の者たちを料亭の外で待たせておいたのは最大のミスだった。熾津組のしんがりが部屋を去った直後、角能は彼らのあとを追った。料亭の裏口から飛び出す。走り去る黒いベンツとセダン車はナンバープレートが読めないように下に傾けてあった。

角能は料亭の塀を殴ると、凪斗に持たせているGPS機能付き携帯電話で現在地と進行方向を確かめ、八十島に連絡を入れた。凪斗が熾津臣に連れ去られたこと、拉致に使用された車種とカラーを伝え、追跡の協力を頼んだ。久禎への報告も併せて任せる。

そして料亭の駐車場で待機させていた岐柳組の車からドライバーとボディガードたちを引きずり降ろし、彼らに料亭内の古賀組組長たちの保護を頼むと、運転席に滑り込んだ。GPSの示す凪斗の位置を確認して、車を急発進させる。

凪斗を乗せたベンツのあとを追って首都高《しゅとこう》に乗ったが、東名高速《とうめいこうそく》方面へと向かう途中でGPSは定位置から動かなくなった。そこを通過したものの、停まっている車などはない。用心のために携帯を捨てられたのだろう。

――このまま、東名高速で大阪入りか？

臣は、『子蛇はしばらくうちで飼うたるわ』と言っていた。

命を殺るわけでもなく凪斗を連れ去ったからには、熾津組のテリトリーである関西に向かうのが順当のように思う。

深夜の東名高速は、数多くのトラックが巨体で轟々《ごうごう》と風を切りながら走っている。その合間を巧みに車線変更して抜けながら、ハンズフリー仕様にした携帯電話で八十島とやり取りする。

『大阪に向かってるのか、あるいは首都高にいったん乗って大阪に向かうと見せかけてるのか、五分五分だな……とりあえず、三代目経由で古賀組と大阪の旗島会にも協力を要請して、高速の出口を張ってもらう手配はした』

「すまない」

凪斗を守れなかった口惜しさに、声がくぐもる。

『もし関西方面行きで当たりだった場合のために、八十島ＳＳの腕の立つ連中を高速に乗っけた。組の構成員たちも、いまさっきワゴン車三台で出たところだ。ひとりで突っ込まずに、そっちと連携して動け』

それとな、と八十島は付け足した。

『洸太にもそっちに向かってもらった』

「折原を……無茶だろう」

左手は傷も塞《ふさ》がり使えるようになったが、利き手の右手は親指、人差し指、中指が使えないままだ。

「いざとなっても、銃のひとつも撃てない状態じゃないのか」

『左利き用のリボルバーを持たせてある。ここ一ヶ月ぐらい連日で射撃練習をしてたから、それなりに扱えるようになってる。洸太のことは気遣わずに使ってやってくれ。大阪はホームグラウンドだから、土地勘もバッチリだしな』

「だが…」

『手があんなことになって一時期は自暴自棄になりかけてたが、最近の洸太は八十島ＳＳっていう自分の居所をなくさないために必死になってた。それを見ていて現場に復帰させることにしたんだ――すまん。おまえに冷徹になれって言っときながら、俺もなりきれてねぇかもなぁ』

八十島は折原と一緒に住んでいて、誰よりも折原を見てきている。

多少情に流されていたとしても、八十島はプロ中のプロだ。本当に使えないと判断したら、決して現場に赴かせたりはしない。折原なりの真剣な努力とその結果を見ての決断だろう。

……おそらく八十島は、自分が拾ってきた情と責任があるから、折原が仕事復帰できなくてもこの先の面倒を見るつもりでいたはずだ。しかし折原は、ただ食べて寝て、人に依存して生きていくのをよしとする人間ではない。自分が真剣になれるものに向かっていけないのは、折原にとって死んでいるのも同じなのだ。

「わかった。折原の力を貸してもらう……折原の気持ち、俺にもわかるしな」

『ん？』

「居所を失いたくない」

『おまえの居所――ああ、凪斗くんか』

角能は苦笑して、胸に詰まっていたものを吐き出した。

「失いたくないのに、凪斗の器が急に大きくなりすぎて、守りきれないのが歯痒《はがゆ》くてたまらない」

今日も凪斗は、自身が助かることではなく、岐柳組四代目としてどう行動すべきかを冷静に見据えていた。

「俺が凪斗を守るはずが、逆に守られた。凪斗にとって、俺はいつまで意味ある存在でいられるんだろうな……」

『――なぁ、角能』

八十島が静かな声で告げてくる。

『俺は、おまえやほかの奴らが言うほど、凪斗くんが変わったとは思えないんだ』

「変わっただろう。まるで別人だ」

『でも、凪斗くんの考えていることにはブレがない。逃げ出そうとしたときも、少しでも身体を鍛えようと励んでいるときも、いつも想いの中心にあるものはひとつなんじゃないのか？』

それがなにかなんてヤボなことは言わせるなよ、と八十島は少しおどけたように言った。

……胸が、熱い。

携帯電話を切ると、角能はアクセルを重く踏み込んだ。

極度の焦燥感と緊張のせいだろう。

一度の休憩も入れずに東京大阪間五百キロほどを爆走したにも関わらず、意識が揺らぐことは一度もなかった。ただ、さすがに背中や肩に息苦しい重さを感じる。

東名高速から名神高速《めいしんこうそく》に入って吹田《すいた》インターチェンジで降りるころには、空の闇は藍色に薄らぎ、東には蒼が拡がっていた。夜明け直前の、ほの白い気配。

『角能サン、飛ばしすぎですわ。こっちは、いま左に琵琶湖《びわこ》見えてますすんやけど、三人で運転回してやっとやし』

天井に取りつけてあるスピーカーから、折原の声が響く。

しかし声にはいつもの軽やかさはなく、ピリつく緊張感が伝わってくる。

『大阪で凪ちゃんが連れ込まれてそうな熾津組関係のとこピックアップしときましたから、合流したら教えます』

「いま教えろ」

『あきまへん。教えたら、角能サンひとりで突撃しはるに決まってんねんから』

角能を暴走させるなと、八十島から言い含められているに違いない。

主要なインターチェンジの降り口に見張りを置いたが、凪斗を連れ去った黒いベンツは目撃されなかった。

大阪に向かったとすれば、意外に遠いインターチェンジで高速を下りて一般道を使ったのか、あるいはサービスエリアで用意しておいた車に乗り換えた手も考えられる。

　高速をすぐに下りて関東にいる可能性もあるため、熾津組と関係がありそうな場所も岐柳組の構成員たちが隈《くま》なくチェックを入れ、出入りに目を光らせている。

　ただ、角能は説明しがたい確信でもって、凪斗が関西方面に連れ去られたと感じていた。

　凪斗と知り合ってから、まだ一年に満たない。

　けれど、心身を繋ぎ、表裏のように寄り添って、ときには衝突しながらもともに乗り越えてきた難事の数々を思えば、自分たちの関係は決して時間で量れるものではない。

　一ヶ月に、一週間に、一日に、一時間に、一分一秒に、普通では考えられないほど濃縮された想いが籠められているのだから。

　その絆《きずな》が教えるのだ。

　凪斗はかならず、この土地にいる。

7

肩にドンッと痛みを感じて、目を開ける。

真っ暗だ。真っ暗で狭い場所。あちこち強打して、身体中が痛い。エンジン音がやたら大きく聞こえる。どうやら車のなかのようだ。この狭さとエンジン音の聞こえ方からいって、車の後部トランクにでも入れられているのだろう。

普段シートに座っているとなんでもないはずの、右折左折、ブレーキのたびに、凪斗の身体はどこかに激しくぶつかった。

少しでも衝撃をやわらげたいのだが、後ろ手に縛られ、両足首もまとめて縛られているらしい。まるで箱に入れて揺さぶられている芋虫みたいだ。口には猿轡《さるぐつわ》を噛まされているから、助けを呼ぶこともできない。

骨がバラバラになりそうだ。身体がだるい。意識が朦朧となったころ、したたかに背中を打って一瞬息が止まる。それを最後の一撃にして、空間の揺れが収まる。エンジン音もことりと静かになった。

目的地に着いたのだろうか？

これから、どうなるのか……。

しかし少なくとも、命が目的ならこんな手の込んだ方法で連れ去ったりしないはずだから、このトランクが開けられた瞬間に殺される、というようなことはないだろう。

そう考えていると、ふいに風と朧《おぼろ》な光が差し込んできた。トランクが開けられたのだ。

「目ぇ、覚ましとったんか」

「ここは……、っ」

問い質《ただ》す間もなく、荷物のように抱え上げられる。

「若頭、俺らが運びます」

「客人から頼まれた土産モンや。俺が運ぶ」

——頼まれた、土産？

自分を連れてくるようにと、熾津臣に頼んだ者がいるのだ。すぐに、あるふたりの顔が思い浮かぶ。果たして、それは正解だった。

ホテルの地下駐車場から最上階への直通エレベーターに運ばれ、連れ込まれたスイートルームらしき部屋で、凪斗は岐柳辰久と数井正彦と再会した。去年の夏の終わりに、辰久が岐柳組を破門されて以来だ。

辰久は凪斗を見ると目を剝き、獣のような唸り声をあげた。破門当時、すでに辰久はかなりのドラッグ中毒だったが、それからさらに症状は進んでいるようだった。眼窩《がんか》は落ち窪《くぼ》み、黄疸《おうだん》が出ている。ギラギラとした狂気がその身を包んでいた。

対して、数井は以前となんら変わらないビジネスマン風のスマートな様子でスーツを纏い、眼鏡の奥の眸は理知的だ。

ふたりの主従関係は、いまや完全に逆転していた。

以前は、岐柳組若頭の辰久が主人で、補佐役の数井は従者だった。

しかしいま、辰久はかたちばかりワイシャツとスラックスを身につけているものの、その首には黒革の首輪を巻かれ、口にはＳＭ器具の黒いボールを嵌められて、床に蹲っている。

首輪から伸びる鉄の鎖でできたリードの端は、ソファに座る数井の手に握られていた。

このふたりがいるということは、ここはおそらく関東ではない。

――大阪、か？

凪斗は、数井の向かいのソファに投げ落とされた。横に座った臣に首根っこを摑まれる。引っ張られるまま海老反りの姿勢を取らされ、凪斗は苦しさと不愉快さに冷ややかな表情を浮かべた。

「ええ面構えや。さすが岐柳の血は侮れんわ」

数井が微苦笑を浮かべる。

「蛇の皮を剝いで、すぐに兄と同じように調教して、廃人にしてやります」

「そっちとこっちと利害は同じじゃ。好きにせえ」

「お言葉に甘えて」

――数井は、俺を辰久みたいにするために、連れてこさせたのか？　でも、熾津臣のほうの目的はなんだ？

「そうや。蛇いうたら、四代目が背負うとる彫滝のモンモンは絶品らしいのう。ひとつ拝んどくか」

首を千切られるような痛みが項を襲う。

身体を仰向けに返された。猿轡とネクタイを引き抜かれる。スーツの上着とワイシャツのボタンが宙に飛び、布地の破ける音が甲高く響いた。

「っ、触るなっ」

瓜斗は手足を縛られた身ながら、抵抗する。

「おまえに見せるほど、この刺青は安くないっ！」

「子蛇が牙剝いてシャーシャー言うとるわ」

頰に激しい衝撃を覚える。臣の掌で張られたのだ。頭の芯が痺れて動けなくなった瓜斗の身から、ジャケットとワイシャツが一緒くたに剝かれる。後ろ手に縛られている腕で服が蟠《わだかま》る。

右胸を這う蛇の頭部を、臣は三白眼で舐めるように見た。

次の瞬間、瓜斗の身体は横に半回転させられて、ソファから転げ落ちた。車のトランクで打った身体のあちこちが熱く痛む。うつ伏せの姿勢で這いずるが、すぐに臣に追いつかれた。

「服が邪魔でよう見えん」

腕に絡まっている服が、料亭で瓜斗から取り上げたバタフライナイフで切り裂かれていく。細切れの黒い布の残骸《ざんがい》だけが腕に纏わりつく。

双頭の黒蛇を眺めるだけでは飽き足らず、臣は掌で辿ってきた。角能への恋情の証にべたべたと触られて、瓜斗は憤りに肌を青白くする。それがかえって、男を煽ったのかもしれない。

背の右腰を撫でまわしていた手が、スラックスの前へとずるりと流れた。ベルトを外され、前を開けられる。下着ごとスラックスを引きずり下ろされる。

改めて男の手が腰の刺青に載せられた。そのままずるずると、右臀部の外側を包む蛇の体表を辿られる。際どい脚の付け根に厚みのある手を差し込まれて、瓜斗は腿をきつく閉じた。

「尻に笑窪《えくぼ》作って、ごっつう締めつけよる」

渾身《こんしん》の力で閉じている内腿を、臣は両手で摑んできた。凪斗の身体を横倒しにしながら力任せに脚を開かせる。

乱れた髪の下から、凪斗は男を睨《ね》めつけた。

……臣の視線は凪斗の会陰部にそそがれている。見られている部分に、皮膚を抓られているようなチクチクした痛みを覚える。右脚の付け根をぐるりと包む蛇の尾、重力のままに垂れている茎、緊張に竦んでいる双嚢《そうのう》、そしてただの排泄《はいせつ》器官にしては淫らに腫れている後孔までも、視線に抓られていく。

「卑猥やなぁ」

臣はぼそりと呟くと、左脚を宙で支えて下肢を開かせたまま、掌で凪斗の尻を打った。一度ならず、何度も左右の尻を交互に叩かれて、凪斗は全身を跳ねさせた。

「……う、っ――っ…」

「畸形《きけい》の蛇がのたくっとるわ」

次第に叩く速度が速くなっていく。性器と双玉が、めちゃくちゃに揺れる。性交のクライマックスそのままの、肌が肌を打つ音。まるで本当に犯されているかのような屈辱感に、凪斗は眉をきつく寄せて、奥歯を嚙み締める。悪辣《あくらつ》ないたぶりに、肉体はあろうことか生理的な反応を兆していた。

真っ赤になった尻をひと際激しく打擲《ちょうちゃく》されて、半勃ちの性器が大きく跳ねる。

果てたみたいにぐったりしながらも、凪斗は怒気と侮蔑《ぶべつ》の混じった表情を臣に向けた。

数井が醒めた声で言う。

「お気に召されたのなら、最後まで愉しんでくださって結構ですが」

しかし、臣は凪斗の頬を軽く張ると、立ち上がった。

「ええタマやけど、どうもまだ青臭うて適わん。あとはそっちで好きにせえ」

臣が出ていくと、数井は鉄鎖のリード片手に、凪斗の横にきてしゃがみ込む。

「赫蜥蜴は絶倫だそうですから、ヤり殺してもらうのもいいと思ったのですが……残念でしたね。四代目」

凪斗は険しい視線を数井に投げた。

「殺すのが目的なら、こんな場所まで運ぶことはなかっただろう」

「ええ。殺すだけなら。それでは足りないので、わざわざおいでいただきました。それに、熾津組のほうにも算段がありますし」

「算段？」

「四代目もすぐにコレと同じようにして差し上げますから、先のことは気にかけるだけ無駄です」

コレと言いながら、数井はリードを引っ張った。

じゃらりと音がして、辰久が四つん這いになる。理性などとうの昔に失った様子、それでも四代目の座を凪斗に奪われた恨みだけは、心に重く凝っているらしい。ぎらつく目は、喰い殺したいみたいに凪斗に向けられていた。

数井と辰久のあいだに、まともな人間関係はすでになさそうだ。

自分のことを辰久が恨んでいるのは理解できる。しかし、その辰久の望みを叶えてやる親切心が数井にあるとはどうにも思えない。

「……俺のことが、殺すだけでは足りないぐらい憎いのか？」

凪斗はその質問を、数井へと直接向けた。

数井が眼鏡の奥の目を糸のように眇める。

「憎いですよ。あなたも、辰久も、岐柳の大蛇も、岐柳組に絡むものは一切合財、憎くて仕方ありません」

本心からの憎悪がビリビリと裸の皮膚に伝わってくる。

「どういうことだ？　組にいたころから憎かったってことか？」

「組にいたころから？」

数井の薄い唇が引き攣れるように端を上げた。

「組に入る前から、ずっと憎んでいましたが？」

思いがけない答えに、凪斗は目を見開く。

憎んでいる組織にわざわざ入ったというのだ。なぜ。なにが目的で………。

「まさか、岐柳組をなかから壊すのが目的だったのか？」

数井が喉を震わせた。

「コレよりも四代目のほうが、少しは頭が回るようですね。だからこそ壊さないといけない。岐柳組の繁栄に繋がるものは、この手ですべて破壊します」

凪斗が異母兄である辰久に初めて逢った去年の夏には、すでに辰久はヤク中で、組織内での信用も失われていた。しかし、角能やほかの者たちの話によると、三年ほど前は岐柳組若頭として周りが認める人物だったという。それがドラッグに嵌まり、みるみるうちに人格まで変容していった。

片や、数井は四年前に組に入り、それから一年半後には商才のある切れ者として辰久の補佐役となった。

改めて考えてみれば、数井が補佐役に納まった時期と、辰久が違法ドラッグに嵌まっておかしくなっていった時期は、一致している。

「――数井。おまえが、辰久にドラッグを与えたのか？」

「ええ。岐柳組の若頭を張っていながら案外だらしのない男で、いいドラッグを差し上げたら、すぐに夢中になりましたよ。初めはドラッグと女を与えて、次はドラッグを餌に私に奉仕させました」

「そこまで岐柳組を恨むほどの、なにがあった？」

その質問には答えが返されなかった。

数井は凪斗へと手を伸ばしてきた。打ち身で痣《あざ》ができている肩を摑まれ、膝立ちするかたちで背後から身体を持ち上げられる。

凪斗の背を鑑賞して、数井が呟く。

「死んだら、皮を剝いで保管してあげましょう」

抑揚の利いた声で狂った言葉を口にする。

数井は鉄鎖のリードを引いて招くと、辰久の口からボールを外した。口腔に溜まっていたらしい唾液がどろっと顎へと垂れる。

「てめぇ、四代目になったそーじゃねぇか」

濡れた唇を、辰久がたどたどしく動かす。

「おにぃちゃんを差し置いて、どうなるかわかってんのかぁ」

人というより狂犬に近い凶暴さ、辰久は四肢をついたまま凪斗を充血した目で睨む。

凪斗の後ろで数井が喉で嗤う。そして、あり得ない命令を下した。

「辰久、可愛い弟のペニスに奉仕しなさい」

「奉仕？　この俺が、こいつに？」

辰久が目にかかる髪を頭を大きく振るって除《の》ける。その仕種は野犬かハイエナのようで。凪斗の目には、異母兄は人のかたちをした獣にしか見えなかった。

数井がリードを操り、四つん這いの辰久を凪斗の前へと導く。

さっき臣によって発情させられた器官は、まだ半端に先端を宙に浮かせている。辰久が憎々しげな表情で、それを凝視する。

「っ、下種《げす》な悪ふざけはやめろっ」

もがく凪斗の耳元で数井がねっとりと囁く。

「いいですよ、コレの口は」

曲がりなりにも、辰久と自分は半分血の繋がった肉親なのだ。

いくらドラッグで理性が欠如しているとはいえ、そんな行為を辰久がするはずがないと思う……思うのに。

凪斗の拒絶がかえって愉しいのか、辰久の締まりのない口から血のように赤い舌が突き出された。

「や…めろ」

舌から必死に性器を逃がそうとするのに、数井に後ろから腰を摑まれる。

ぬめる舌先がなかば薄皮を被っている粘膜じみた先端をこそげるように舐めた。

しかし、憎い異母弟に奉仕するのはやはり面白くないらしい。辰久は突然、獣のように歯を剝き出しにすると、茎に咬みついてこようとした。

あわや、というところで鉄のリードがぐいと引かれる。辰久の歯がガチンと宙を咬む。

「咬み切るのは最後です。仕方ありませんね」

数井の手が背後から伸びてきた。その手には折られた油紙のようなものが握られている。その紙が斜めにされると、粉状のものが凪斗の性器に降った。

なにが起こったのか理解する間もなく、突然、辰久の口がぱっくりと開かれた。

次の瞬間、凪斗の性器は根元まで異母兄の口に消えていた。

「——っ!!」

ぬめる粘膜に性器を締めつけられる。喉の奥へと先端をずるずると吸い込まれていく。

「う、あ、ぁ」

それは愛戯《あいぎ》などではなかった。限りなく苦痛に近い刺激を脆い器官に加えられている。

「どうです？　まるで蛇に丸呑みされていくみたいでしょう。こんなに落ちぶれても、コレもまた岐

柳の蛇の血を引いているのです。四代目、あなた自身も人にこんな快楽を与える、おぞましい生き物なのですよ」

——俺も尭秋に、こんな浅ましく絡みついてる……？

「ちが……違うっ、嫌、だっ」

辰久の口のなかで、凪斗のものは完全に勃起してしまっていた。その表面を、舌がぐにゃぐにゃと這いまわる。唾液に溶かされたドラッグが敏感な先端や尿道に、舌で擦りつけられる。身体中、いや内臓にまで鳥肌が立つ感覚に凪斗は身悶《みもだ》えた。

「腰が揺れてますよ？　肌もこんなに熱くして」

項の汗を数井に舐められる。

唾液に塗れた茎が辰久の口から吐き出されていく。先端部分を唇で挟まれる。そして、なかの管から大量の先走りを音をたてて吸い出された。それを辰久がごくりと嚥下する。

もうそのまま精液を漏らしてしまいそうなほど強烈な甘美に、凪斗はガクガクと腰を震わせた。

唇から外れた茎がぷるんと根から揺れる。凪斗の性器にわずかでもドラッグが付着していないか、赤い舌が忙しなく探る。どうやら段差の部分にドラッグの味がしたらしい。そこを尖らせた舌でしつこく擦られる。

愛撫より貪欲な舌使いに、身体の芯が沸騰《ふっとう》する。下腹に力を籠めたけれども、無駄だった。

「んっ……ん！、ふ、ぅ」

白濁が異母兄の顔を打った。

頬も首も、気持ち悪いぐらい熱い。果てたのに陰茎が内側からじくじくと疼きつづけるのは、ドラッグのせいだろうか。いつも角能の大きなものを喰らっている後孔がピクピクと震えている。そこに数井の指が載せられた。

片腕で凪斗の胴を抱き支えたまま、数井は臀部の底でほころびかけている腫れた蕾を摘まんで、くにくにと揉んだ。嫌なのに、窄まりに力が入らない。蠢きながら、くぷりと口を小さく開いてしまう。

「蛇が丸呑みできる餌を欲しがってますね。なにを食べたいですか？」

開いた縁を円を描いて撫でられれば、酸欠の魚の口のようにそこがパクつく。数井が指先を中心に置くと、蕾が勝手に指先をしゃぶりだす。口惜しいのに、その器官はあさましい別の生き物と化していた。

「食べがいのあるものがいいでしょう……辰久、前を出しなさい」

命じられると、辰久は初めて両手を床から離した。そしてスラックスの前を開く。下着を下ろすと、なまなましい屹立《きつりつ》が宙を睨んだ。

「四代目。私の指をそんなに締めつけて、どうしたんですか？」

「あれを…しまわせろ」

凪斗の掠れ声を無視して、数井が辰久を煽る。

「岐柳組四代目が、挿れられたくないと、怯えて嫌がってますよ」

数井のなかで滾っているのは、どこまでも岐柳に関わる者を貶めることなのだ。

「うまく挿れられたら、ご褒美に兄弟揃って、いい注射を打ってあげましょう」

復讐《ふくしゅう》と肉欲を満たすことができ、ドラッグという餌までちらつかされて、辰久が迷うわけがなかった。顔つきが完全に獣のそれと化す。

辰久が摑みかかってきた。数井はローテーブルに腰を下ろし、押し倒される凪斗を真上から覗き込む。眸には冷たい憎しみが燃えている。

凪斗は必死に抵抗した。しかし、角能や八十島に教わった体術も手足を拘束されていては使えない。それでも靴裏で辰久の鳩尾を蹴り飛ばして退ける。争いを眺めていた数井がふいに立ち上がった。

「…あっ」

衣類の絡まる足首を数井に摑まれた。

まるで吊《つ》り罠《わな》にかかった動物のように、凪斗の身体は逆さ吊りにされる。

後頭部と項だけが床についている状態で身体をふたつに折られる。臀部が天井を向いて剝き出しになる。腿をいくら閉じても、後孔は無防備に晒されてしまっていた。

辰久が立ち上がり、自身の猛る性器を握り締める。そして、凪斗へと圧し掛かってきた。

体重がかかっている首に折れそうな重苦しさを覚える。自分の脚のむこうに辰久がいる。双丘の狭間に圧迫感を覚える。体内へと、異母兄が入ってくる。

「んー…、すっげぇ孔《あな》だな……」

快楽と愉悦に、辰久がぶるっと身震いする。

血走った目が見下ろしてくる。

「おい、おにぃちゃんが入ってるぞ。わかるかぁ？」

「ひ、ぅっ」

うえからずるずると抽送を加えられて、数井に持たれたままの脚が跳ねる。

「兄弟で喰いあって、畜生以下ですね」

悪寒と吐き気がする。感覚を遮断しようと努めていると、数井が急に脚を離した。辰久に両脚をまとめて抱えられて、蹂躙される。

数井がスーツの内ポケットからプラスチック製のケースを出した。アンプルの蓋を取り、そこにケースから出した注射器の針を入れる。

「辰久、そのまま脚を押さえていなさい」

数井は凪斗の右足首を摑むと、靴下を剝いて踝へと針を刺した。注射器の中身が静脈へと送り込まれていく。

「それ?、……っ」

心臓とこめかみがバクンと脈打った。

身体中に細かな汗が噴き出し、男を嵌められている場所がドクリとする。

「数井、俺にも、俺にも」

忙しなく腰を使いながら辰久がねだる。

辰久の手の甲に注射針が刺される。

「ぅおおお」

獣のように辰久が吼《ほ》える。

凪斗は体内の雄がぐぐっと膨張するのを感じた。行為を憎悪しているのに、身体が内側から熱く熱くなっていく。無自覚なままに、凪斗の性器は白濁混じりの蜜を大量に溢れさせた。

「ぁ、ふ、あっ、ぁあ…っ」

喉と唇が開きっぱなしになって、唾液と声が止まらなくなる。

強烈すぎる体感に、自我が融解していく――――。

＊＊＊

大阪ミナミにある旗島の事務所のひとつで、角能は岐柳組の第一陣にあたる折原たち八十島ＳＳの十名を待たせてもらった。

早朝にも関わらず、旗島会会長と若頭の奥谷が岐柳久禎から連絡を受けて、事務所に出向いていた。

凪斗奪回の際には、旗島会から必要なだけ人員を加勢させてくれるという。現に、旗島会の者たちはすでに情報を集めに奔走してくれていた。

「四代目のために尽力くださって、本当になんとお礼を申し上げればいいのか…」

応接室の革張りのソファセット、角能は向かいにどっしりと腰を下ろしている旗島会会長に、深々と頭を下げる。

「そない畏まらんと、普通にしとき。ワシと岐柳の大蛇は、五分の兄弟ゆうことで持ちつ持たれつ、昔っから世話を焼きおうてきた仲や。恩は廻《まわ》るもんやからな。こうやって売れる機会があって、ありがたいくらいや」

唐獅子を思わせる面立ちが破顔する。

しかし、その鷹揚《おうよう》な様子のなか、目だけはゆるむことなく据わっていた。長丁場になっている熾津組との抗争で押されぎみなうえに、盟友である岐柳組にまで手出しされたことに、心底からの怒りを滾らせている。

「なにより、岐柳の四代目はなかなか興味深い漢やからな。熱くて冷たい、ええ目したはる。どう育ちよるんのか、先が愉しみでしゃあないわ」

八十島SSの者たちは、よほど飛ばしたのだろう。三十分ほどで到着した。

折原は右手に包帯を巻いており、左手は中指と小指は爪が半分の大きさになるぐらいに欠けている。痛々しい気持ちになる角能を尻目に、折原は膝で小型のノートパソコンを開いた。

右手の薬指と小指、左手だけでダカダカとキーを打つ。ベストなキーポジションを独自に研究したのだろう。

画面が室内の一同に見えるように、パソコンをローテーブルのうえに置いた。

「車んなかで、旗島サンところの若頭サンからも情報もろて、凪ちゃ——四代目が監禁されてそうな場所を絞り込んどきました。やっぱり熾津組の幹部んとこのホテルが最有力やと思います。第一候補は、防犯カメラに辰久サンが映ってたとこやないかと。辰久サンら、少なくとも昨日はまだこのホテルにおったみたいやし」

熾津が凪斗を拉致したのには、かならず辰久たちが深く関わっているはずだ。

「たしかに、辰久たちのところに連れていかれた可能性は高いな。もしそこに四代目がいなくても辰久に情報を吐かせることはできる。よし。まずはそのホテルを検《あらた》めるぞ」

矢も盾もたまらずに角能が立ち上がる。

「辰久サンらの滞在してる部屋は、六〇八号室や」

折原の情報収集に抜かりはない。

岐柳組の第二陣、百五十数名が大阪入りするまではしばらくかかりそうだったため、八十島ＳＳのメンツと旗島会の若頭と構成員たちと、総勢六十名ほどで目的地に向かった。

とはいえ、端から旗島会とともに大挙して乗り込んだら、救出劇の前に大合戦になってしまう。

初めは目立たないように折原とふたりで潜入して、直接六〇八号室にいけるか試みることにした。パートナーを折原にしたのは、彼の機転を買ってのことだ。力技がふたりいるより潰しが効く。

うまくいかなかった場合は、八十島ＳＳのメンツがすぐにホテル内に入って加勢し、少し離れたところで待機している旗島会の黒塗りの車をホテル前の路肩にずらりと並べ、暗黙の圧力をかける。

それで効かなかったときには、全面的な実力行使だ。

一応ホテルの看板を出してはいるものの、このこぢんまりした宿泊施設は極道絡みの行事に使われることが多いらしい。ダークスーツ姿の角能と茶髪でいまどきの若者風な服装の折原が早朝に入っていって、ホテルの従業員やガードマンたちのチェックに引っかからないほうが奇蹟《きせき》なのだが。

「いくぞ、折原」

折原は強く頷き、バックパックの紐《ひも》を片方の肩だけにかけると、人目を引いてしまう両手をポケットに突っ込んだ。ふたりとも服の下には防弾チョッキをつけている。角能は上着の下に装着したホルダーに、折原はバックパックの一番うえに拳銃を忍ばせていた。

殺気を抑えて、なにげないようにホテルのエントランスを入っていく。ロビーを斜めに横切って、エレベーターへと向かう。警備員——熾津組構成員だろう——にじっと見られている気がしたが、呼び止められることもなくエレベーターに乗り込むことができた。

角能は「閉」を押してから六階のボタンを押した。

どちらからともなく、小さく溜め息を漏らす。

「第一関門突破——なんやけど…」

「嫌な感じがするな」

熾津臣が岐柳凪斗を拉致したことは、組の下層にまではまだ伝わっていないかもしれない。しかし、岐柳辰久と数井がここに滞在して長いことを考えれば、もっと警備に目を光らせていて当然だ。

特に角能などは岐柳組四代目の補佐役として、顔写真が回っていておかしくない。

六階に到着したエレベーターのドアが開く。

角能は懐の銃のグリップに手をかけたまま、廊下に人がいないのを確認して、先にフロアに降りた。

客室が連なる廊下を歩いていく。泊まり客がいるなら、そろそろ起きだして朝の支度をする時間だが、そういった物音や気配は一切ない。

しかし六〇八号室の傍まで辿り着いたとき、角能と折原はかすかな音を捉《とら》えて、ハッと視線を交わした。朝に不似合いな……。

角能は自分でも顔色が変わったのがわかった。思わず走り出そうとすると、腕をぐっと摑まれた。折原がそっと首を横に振って、諫《いさ》めてくる。

「……わかった」

押し殺した声で呟く。

六〇八号室に近づくにつれて、音はくっきりと聞こえだす。

それもそのはずだ。六〇八号室のドアはご丁寧にドアストッパーが嚙ませてあり、わずかに開いていたのだ。

もう間違いない。

これは罠《わな》だ。おそらく一階にいた従業員や警備員たちは、初めから岐柳組の人間が乗り込んでくることを知らされていて、それで不問で通したのだ。

「……、……――――」

途切れ途切れに聞こえてくる、少年めいた喘ぎ。

怒りで身体の芯が爆発しそうだ。

折原がドア周りを調べて、爆破トラップがないことを確かめる。

「念のためにいったん蹴り開けて、そんで大丈夫やったら一気に踏み込みましょ」

その提案のとおりに、角能は折原を下がらせておいて、少し開いているドアに鋭い下段蹴りを食らわせた。三秒待つが、なにも起きない。ホルダーから銃を抜いて、撃鉄を立てながら走り込む。

短い廊下を抜けると、セミダブルのベッド二台が並べられ、窓際にソファセットが置かれた空間が開ける。角能は銃口の先をぐるっと部屋に一巡させたが、人影はない。

『や…、ぁ、あ――』

悲痛な切れ切れの声。セックス特有の湿った肌がぶつかる忙しない音。

『も、だめ……う、ぅ……』

テレビの四角い平面のなかで、それはおこなわれていた。

キングサイズの広いベッド。そのうえに、こちらに向けてスラックスの脚を投げ出している男がいる。男の下腹に、ほっそりした背を晒して座っている青年。後ろ手に縛られて、激しく下から突き上げられている。素直な質の淡色の髪が、淫らな行為に跳ね、乱れる。

「凪ちゃん……」

折原が呆然《ぼうぜん》と呟く。

そう。画面のなかで男に無体を強いられているのは凪斗だった。

濃い桜色に紅潮した背中で、黒い蛇が汗に濡れ濡れとしながらのたくっている。

最愛の情人が、ほかの男に――しかも、よく見れば、男は岐柳辰久だった――犯されている姿に、心臓が引き攣れ、背筋が氷のように冷える。画面の端に映っているダークグリーンのカーテンの脇からは薄い光が漏れている。この一時間ほどのうちに撮られたものに違いなかった。

岐柳組サイドがここに辰久たちが滞在していたと知っていたのを見越して、こんな悪趣味を仕掛けたに違いなかった。

角能は銃口を上げた。画面を狙うが、凪斗を撃つことはできない。折原が強張る手でテレビの電源を落として、接続されている機械からメモリーを抜く。そして、ベッドの端に腰掛けると、ノートパソコンを取り出した。

「いまの部屋の内装、見覚えありますねん。ちょっと時間ください」

言いながらキーボードに指を躍らせる。

角能は部屋のドアを閉めた。オートロックで錠が閉まったが、鍵《かぎ》はホテル側が持っているからなんの安心にもならない。突入してくる者がいたら撃退するために、角能は廊下に佇んで銃を構えておく。

噛み締めている奥歯がギシギシと音をたてていた。

ほどなくして、折原がパソコンをしまって立ち上がった。

「わかりました。森之宮《もりのみや》にあるホテル・グラナート。熾津組系列の企業が管理してはるデカめのホテルですわ。部屋の作りからして最上階のスイートルームで当たりでしょ」

まだそこにいるかはわからないが、居所の最新情報なのは確かだ。

角能は車内で待機している旗島会若頭に携帯で電話を入れ、凪斗がホテル・グラナートのスイートルームに監禁されている可能性が高いことを告げ、先に向かってもらった。また、すでに高速道路を下りて淀川《よどがわ》に架かる橋を走行中だという岐柳組の構成員たちにも、その旨を伝える。

八十島SSの者たちには、十分待って自分たちが下りていかなかったら、ホテル・グラナートに向かって、旗島会若頭に指示を仰ぐようにと伝えておいた。

「これ、無事に脱出できたら奇蹟とちゃいます?」

折原が左手の銃を握りなおしながら言う。

さすがにエレベーターで下りて、ロビーを横切って正面玄関から出るのは自殺行為すぎる。角能たちはとりあえず、非常階段を使って一階を目指した。いつヒットマンが飛び出してくるかと身構え、神経を張り詰めさせて階段を駆け下りていく。

しかし、ふたりぶんの足音が響くのみ。敵に遭遇することなく一階に辿り着く。

一階のフロアに出る扉とは別に、非常口と表示された扉があった。

その非常口の錠を外して、扉を用心深く押す。

蒼い空が頭上に広がる。呆気《あっけ》なく従業員用駐車場に出ていた。

すべて承知のうえで、自分たちを六〇八号室までいかせ、捕獲することもなく外に出したのだ。

「むこうサンとしては、うちらを捕まえることに興味はないっちゅうことですか」

「ああ。百パーセント罠だな……俺たちがこれからホテル・グラナートに向かうことも、計算のうちかもしれない」

「熾津組のホントの狙い、なんなんやろ?」

「むこうにどんな狙いがあるにしても、凪斗を取り戻す」

もしそのホテルに凪斗がいなかったとしたら、これから合流する岐柳組構成員と八十島SSのメンツとを従えて、熾津臣のところに直接乗り込むつもりだ。

ついさっき目にした凪斗の無惨な姿が、網膜に焼きついてしまっている。身体が芯から怒りに震えた。

八十島SSのメンツとともに、ホテル・グラナート近くの道路の路肩にずらりと駐車している旗島会と岐柳組の車と合流する。

総勢二百名を超すダークスーツの男たちが、険しく靴裏を鳴らしながらホテルのエントランスに向かう。

熾津組のほうも、こちらの動きをキャッチしていたらしい。ロビーのソファセットが置かれている周りに、スーツ姿の男たちが二重三重の人壁を作って、ロビーのむこう側にあるエレベーターホールまでの通路を封鎖していた。

頭数は互角ほどか。ただならぬ雰囲気のためか、一般客の姿はまったくない。

ソファにひとりだけ腰掛けていた男が、のっそりと立ち上がった。

右目の下に泣き黒子のある三白眼の男は、上着もベストも着けておらず、ワイシャツとスラックスという姿だった。ネクタイすらしておらず、首元のボタンを四つ外している。厚みのある胸元が覗く。

――防弾チョッキもなしというわけか。

こんな殺伐とした場で、銃弾ひとつぶち込まれたら致命傷になりかねないというのに、男は眸を愉快そうにぎらつかせている。

角能は目を眇めると、スーツの内側に突っ込んでいた手を銃のグリップから外した。長いあいだボディガードのプロとして、危機的な状況では咄嗟に銃に手をやることが身に染みついていた。しかしいまこの場で、熾津臣と五分で渡りあうには、これまでの自分のあり方を捨てる必要があると判断したのだ。

角能は険しい眼差しで臣を見据えたまま、三歩ほどの距離まで間合いを詰めた。

熾津臣が口の端を上げる。

「えらい早よう辿り着いたやないか。主人の匂いでも嗅《か》ぎ分けてきたか？」

角能は真顔のまま告げる。

「うちの四代目を返してもらう」

ふたりの距離が縮まったぶん、背後の組員たちも前に出て、一角で早くも小競りあいが起こる。

臣は眉間に傷のような深い皺を刻むと、ギッと横目でそちらを睨んだ。

「じゃかましいっ」

恫喝《どうかつ》されて、フロアに頭数のぶんだけ重い沈黙が落ちた。

「勘違いしてもろたら困る。わしらがそっちの四代目を借りたんは、血ぃ繋がった兄ちゃんが会いたい言わはったからや」

「岐柳辰久はすでに破門済みの身。岐柳組とは縁もゆかりもありませんが」

「そういや、辰久の破門状、見たような、見いひんかったような」

話をずらす臣に、苛立たされる。

「どいてもらえないなら強行突破するが、それで構わないか？」

「いらちやなぁ。ちぃと待ちや」

臣の一重の目がちらりとロビーの壁にかけられている時計に向けられる。午前七時四十五分。と、単調な機械音が響いた。臣がスラックスの尻ポケットから携帯電話を引き抜く。電話を耳に当てて、角能を見たままにやりとする。

「あんじょうようよういったみたいやな。むこうさんにはよう礼言うとき」

そして電話を切ると、携帯をしまうのと入れ替わりにカードを取り出した。

「イチロクマルイチや」

鼻白む角能のスーツの胸ポケットに、臣はカードを滑り込ませた。

「探しモン、ちゃっちゃと回収せんと、取り返しのつかんことになるやもしれんで？　いや、もう手遅れかもしれんなぁ」

一六〇一号室に、凪斗がいるということらしい。

取り返しのつかないこと、とはどういう意味か？　辰久に性交を強いられる以上の、なにが…。

「通したり」

臣が命じると、熾津組の人垣が割れてエレベーターホールへの道が開ける。

まったく臣の考えが読めない。読めないが、躊躇う暇はなかった。本当にここに凪斗がいるのなら、一刻も早く救出したい。

角能はエレベーターへと走った。

＊　＊　＊

心と身体の輪郭が、とても曖昧《あいまい》になっている。

快楽も苦痛も、どこからどこまでなのか区切りがはっきりしない。

とても息苦しそうな呼吸音が聞こえているのだけれども、それが自分のものだという感覚は朧だ。

自分の胸元を掻き毟る。皮膚が剝けて血が滲んでいるのに、その痛みは何重もの膜のむこう。

薬を打たれてから、どのぐらいがたったのだろう？

五分のような気もすれば、もう五日ぐらいたったような気もした。

身体の内側を、ずるずると行き来しているものがある。水を吸いすぎた画用紙に描かれているかのような、ぶよぶよとふやけた視界。男がすぐ目の前にいる。落ち窪んだ暗い眼窩のなか、充血した目がぎらついている。それは人間のように見えなかった。地獄に棲む悪鬼そのものだ。おぞましさに、凪斗は目を閉じる。

瞼の裏に、幾何学模様が浮かぶ。果てなく沈んでいく感覚。幾何学模様の底には、闇が凝っていた。

その好もしい存在に、胸がどきりと高鳴った。

自分にぴたりと寄り添ってくれる闇。

なによりも大切で、自分の命よりも守りたいもの。

「……の、…ん」

重ったるい舌。乾いた唇でその名を呼ぶ。

「かどの、さん」

呼んだとたん、頰を張られた。衝撃で、意識の細い芯までもボロボロに崩れていく。

──かどの……かど、の……カ…ノ…。

音が意味もなくバラバラになっていく。

「アサマシイモノデスネキョウダイデ」

音が聞こえてくる。

「モットクスリヲアゲマショウシンゾウガトマルカモシレマセンガ」

ちくりと痛みが生まれて、自分に踝があったことを意識する。次の瞬間、心臓がバクリと跳ねた。

こめかみの血管が破裂しそうになる。男を挿されている場所が激しく痙攣する。

「スゲェスゲェスゲェ」

「ソンナニハゲシクシタラコワレマスヨ？」

「コワレロコワレロコワレロ」

「ソウデスネ…コワレレバイイ」

意味が理解できない。でも、音は冷たい針のように凪斗の身を貫く。

「ワタシノイモウトガコワサレタヨウニ——イモウトハマダジュウサンサイダッタノニ」

怨まれ、憎まれていることだけはわかった。

頭に本当に無数の針を刺されたような痛みが走る。髪を摑まれて、ガタガタと揺さぶられていた。

「イモウトノキモチガワカリマスカ？　ラチサレテオトコタチニマワサレテソノスガタヲサツエイサレテ。シンダアトマデキリュウグミノシキンゲンニサレテ」

顔にボトボトと温かい雫が落ちてくる。

「キリュウグミヲツブスノダケガワタシニデキルコトデス」

息ができない。

ギリギリと絞められて、自分に首があることを思い出していた。首を絞められている。憎まれて、絞められている。

まともになにも理解していないのに、これが自分が受けるべき苦しみなのだとわかる。

ドクンドクンドクン。心臓が暴れている。

「シマル――スゲェシマッテル――イク、イク」

自分の身体の奥底に、気持ち悪い粘つく液が撒《ま》かれていく。

心も身体も極限を迎えて、すべてが平坦になっていく。なだらかな闇が拡がる。

＊＊＊

一六〇一号室のドアを角能は睨む。

この部屋で、あのいまわしい映像は撮られたのだろうか。

「罠の可能性が高いから、俺と折原でなかの様子を見てくる」

「罠なら俺たちが先に入ります。補佐役になにかあったら、今後に障ります」

わざわざ大阪まで駆けつけてくれた組員は、凪斗や角能に信頼を寄せてくれている者たちだった。

だからこそ、なおさら先にはいかせられない。

信頼してくれている者たちを自分の盾にするわけにはいかない。それに、彼らがもし室内の様子などで四代目が辱めを受けたと察したら、このままホテルで熾津組と大乱闘に突入するのは避けられないだろう。

相手のテリトリーで闘うのは不利だ。

いまの優先事項は凪斗を無事に東京《とうきょう》に連れ帰ること、そして駆けつけてくれた者たちに無駄な血を流させないことだ。

陥れた熾津組に対する激しい憤りを覚えながらも、角能は極めて理性的に答えを出していた。

「頼む。ここは俺の言うことに従ってくれ」

一同を見まわすと、不承不承の顔ながら頷きが返される。

「なんかありましたら、すぐに飛び込みますんで」

「ああ。頼りにしてる」

カードリーダーに臣から渡されたカードを通す。開閉を示すランプが赤から青に変わった。

組員たちを下がらせ、ドアを蹴り開ける。そして、ホルダーから銃を抜いて、部屋に飛び込んだ。

角能の気持ちを察しているらしく、折原は続いて部屋に飛び込むと、すぐにドアを閉めた。オートロックがかかって、外からは開けられなくなる。

大きな窓をバックにしてソファセットが置かれている部屋に人影はない。半開きになっている奥のドアへと走った。

なかに踏み込み、反射的に銃口を上げる。

銃口の先には数井がいた。キングサイズのベッドに膝立ちして、全裸で横たわる凪斗の首を絞めている。そして凪斗の下肢は辰久に抱えられていた。正常位で結合している。凪斗の手足が、ヒクヒクと弱く痙攣する。

数井も辰久も、撃ち殺してやりたい。

角能の指はトリガーにかかったまま、ぶるぶると震えた。ここで一発撃ったら最後、ふたりが死ぬまで撃ちつづけるだろう。

しかし……しかし、この熾津のテリトリーで殺人を犯せば、自分は間違いなく刑務所に入ることになる。

――そうしたら、凪斗の傍にいられなくなる。凪斗を守れなくなる。

角能は自制心を総動員して、銃のトリガーから指を外してグリップを握った。そして、ベッドに向けて走り、飛び上がる。靴の裏でやわらかなスプリングを踏み締めて、角能は握った銃を横に薙いだ。

数井の首に銃身が引っかかる。

数井はもんどりを打ってベッドから落ち、床に転がった。

「ひ、ひっ」

辰久が血走った目を剝いて、凪斗から離れる。抜かれた性器と凪斗の開かれた脚のあいだで、白い粘液が糸を引く。殺意に限りなく近い憤怒《ふんぬ》に、角能は下段蹴りを辰久の鳩尾にめり込ませた。

折原がバックパックから出した手錠で辰久と数井を拘束するなか、角能は凪斗の横に跪く。

「凪斗、凪斗っ」

首に痛々しい絞め跡を刻まれ、目を閉じてぐったりしている姿は抜け殻に見えた。中身はどこか遠くへいってしまったかのような。

角能は激しい動悸《どうき》に身を震わせながら、凪斗のかすかに開かれている唇に手を翳した。弱い吐息を感じる。

「凪斗、だいじょうぶかっ?」

頬を軽く叩き、呼びかける。

すぐに反応がなくて焦るが、幾度か繰り返すと、凪斗はひくりと身を震わせて、噎《む》せるように大きく呼吸をした。一瞬だが目がわずかに開き、宙を見つめて、閉じた。

安堵が胸に拡がる。

とはいえ、すぐに医者に診てもらう必要がある。凪斗を抱き上げながら、折原に部屋の外の組員たちに協力してもらって、辰久と数井の身柄を確保して東京に送るように頼む。

そして、バスローブを探してきて凪斗に着せ、さらに頭から爪先まで隠れるように毛布に包んで抱き上げた。

織津組の者たちはまだロビーにいたが、角能が凪斗を抱いてホテルを出ていくのを阻んだりはしなかった。旗島会若頭に信頼できる医師を紹介してもらい、病院に向かう。運転は八十島SSの者に任せ、角能は車の後部座席で意識を失ったままの凪斗の脚をそっと開かせた。車に積んであるティッシュボックスからペーパーを引き抜き、それで臀部の狭間を汚している大量の白濁を拭う。いったい何回、なかに放たれたのか……知らずに噛み締めた唇、舌に血の味が滲む。

と、角能の携帯電話が鳴りだす。岐柳久禎からだった。

怒りをなんとか呑み込んで電話に出る。凪斗を保護したことを告げると、久禎は「よくやってくれた」と重いくぐもった声で返してきた。なにか様子がおかしい。角能は眉をひそめた。

「三代目……どうかされましたか？」

数秒の沈黙ののち、信じがたい答えが返ってきた。

『幹部たちと、その家が襲撃された』

「な…」

『桜沢は重体で、久隅は泊めていたイロが撃たれたらしい。ほかの幹部も本人や家族が深手を負ってる。なにぶんにも早朝で、八十島のボディガードや組員を四代目の捜索に割いたぶん、警護が手薄になっていたのが悪かった』

「熾津組の仕業ですか」

『主犯は熾津だろうが、実行はチャイニーズだ』

熾津組は中国系マフィアと太いパイプを持っている。

――これが狙いだったのか…っ。

凪斗を拉致することで岐柳組の戦力を分散させ、主要幹部を襲撃する。そうやって岐柳の骨を砕く手段を取ったのだ。思えば、凪斗の携帯電話にGPS機能がついていることを、臣は辰久経由で知っていたはずだ。それを承知で道しるべ代わりに東名高速に接続する首都高に携帯電話を落としておいたのだろう。

露骨に罠だと思わせないように、巧みに謀ったというわけだ。

――赫蜥蜴の臣。なにが武闘派だ。充分に頭脳戦も仕掛けてくるじゃないか。

凪斗を医者に診せて、できるだけ早く帰京することにする。

……だが、凪斗の容態は、角能の予想より悪いものだった。

「覚醒剤系のドラッグを、大量に注射されています。意識レベルが落ちているのは、そのせいでしょう。心臓も弱っています。とりあえず点滴で体内のドラッグ濃度を薄めて、様子を見ましょう」

処置を受けて、凪斗はようやっと翌日の夕方近くになって意識を取り戻した。蠟人形のような色の肌をして、胃液を大量にもどし、寒いと訴えて震えた。背中を摩《さす》ってやると、重たそうに睫を開けて角能を見た。

色ガラスのような眸。

「凪斗」

強い声で名を呼ぶと、睫がぴくりと動いた。

「な…ぎと――――」

たどたどしく繰り返してから、こくりと頷く。それが自分の名前だというのはわかっているようだ。

全体的になにか妙な印象を受けるが、おそらくドラッグが抜けきっていないからだろう。医師の診断では脳や血管にダメージは見られず、反応は鈍いが記憶障害なども起こしていないとのことだった。数日のあいだ様子を見て、再度精密検査を受けるようにと言われた。加えて、ドラッグの禁断症状の処置法も教えられた。

深夜になって凪斗の体調が落ち着いてから、車で東京へと向かった。不特定多数の人間が乗り込む新幹線や飛行機は危険であるし、深夜なら高速道路も流れている。凪斗は蒼白い顔をして、ほとんどずっと眠っていた。リムジンの広いシートに並んだ角能が膝枕をしてやろうとしたが、凪斗は首を横に振って座席の端で毛布にすっぽりとくるまり、身を小さくする。

ドラッグの影響が残っていて、しかも半分とはいえ血の繋がった兄に犯されたショックも重なり、凪斗は心を閉ざしてしまっていた。

東京で岐柳組幹部が襲撃されたという報告をしたときも、ただひどく眠たそうにぼんやりしているだけだった。

――俺が守りきれなかったせいで、心も身体も傷つけてしまった。

慚愧《ざんき》の念に胸が潰れる。

角能はそろりと手を伸ばした。毛布のうえから凪斗の頭を撫でてやる。

すると、眠っているように見えた俯きがちな横顔がピクッとして、睫がわずかに上がった。

その目が自分を見てくれるのを待つ。

けれども凪斗の目は瞬きもせずに宙をぼんやり見ただけで、しばらくすると重力のままに瞼が下ろされた。

8

「報復だ！」

久隅拓牟が鳶色《とびいろ》の眸を怒らせる。

岐柳本宅の応接間、角能は四代目補佐役として座卓のむこうの男に対する。

「報復は、四代目が回復して、岐柳組の態勢を整えてからになる。主要幹部たちが負傷して戦力にならないまま、東京を手薄にして大阪に乗り込むわけにはいかない」

「雪辱を晴らすのが極道の筋ってもんだろうが」

「筋でも、不可能なものは不可能だ」

苛立った久隅が拳で天板を殴った。奥歯をギリと噛み締めて、唸るように言う。

「所詮、あんたはボディガードで、極道では素人さんてことか」

「少し冷静になれ」

「冷静にだと？　叔父貴とイロに傷入れられて、黙ってる男がいるかっ……角能さん、あんたは大切な四代目を廃人にされて、よく平然としてられるな」

「……廃人などと、二度と言うな」

「廃人じゃねぇなら、お人形さんだ。食事に風呂トイレ、自分からはなにひとつしようとしない。いつまでお人形遊びを続けるつもりだ？」

角能の視界は心痛に引き歪《ゆが》む。

大阪から戻ってすでに一週間がたっているが、凪斗は久隅の言うとおりの無気力状態が続いていた。ときおり曖昧な会話を交わすけれども、ほとんど一日中眠っている。祖母を失ったときの鬱《うつ》状態とはまた違う、無感情な様子で。ただ、ドラッグの後遺症なのか、突然、激しい頭痛や嘔吐《おうと》に跳ね起きて、身体を痙攣させることがあった。

角能を見るとき、これまでの凪斗なら正負の感情の差はあれど、かならず眸に特別な光を煌めかせたものだが、その光すらも失われてしまっていた。透き通るような眸はガラスのようにことりと静かで、本当に人形のそれのようだった。

東京の医師の診断でも、脳に異常は見られないとのことだった。ただ心労が重なっていたところに大量のドラッグを投与されて、精神に影響が出た可能性が高いという。

「……どうやら俺は、四代目のこともあんたのことも、買い被ってたようだな」

捨て台詞《ぜりふ》を吐くと、久隅は苦み走った表情で立ち上がり、部屋を出ていった。

角能は嘆息する。

久隅は暴走する傾向はあるものの、岐柳組に思い入れを持った気持ちのある極道だ。三代目が決めた跡取りならばと、凪斗のことも盛り立ててくれてきた。

凪斗が回復するまで、補佐である自分が人心を繋いでおかなければならない。しかし、それは困難を極めていた。

三代目は相談に乗ってくれこそすれ、表に立ってまとめるつもりはないと明言していた。

「代目はすでに移った。俺が出ていけば、滝の流れを逆にすることになる。ひとつになりかけていた組員の気持ちも崩れ、当代が作ってきたもんがパァになる」

正論だ。

いま、人望篤《あつ》い久禎が出ていけば、どうしてもどっしりした安定感があった久禎の時代が懐かしくなり、凪斗に対する心許ない想いが増幅してしまう。

凪斗を立てるかたちで、組織をひとつにまとめなければならない。

――それと、辰久と数井のことも問題だ。

彼らはいま、岐柳組の本部事務所の一室に監禁されている。

処分は凪斗が決めるべきものだ。

今回の騒動は、辰久たちが熾津組に加担したために起こった面が大きい。実質的な熾津組への「報復」が先延ばしになっている以上、せめて辰久たちの処分でケジメをつけなければ、負傷した幹部をはじめとする構成員たちは納得しまい。

辰久は元若頭でありながら、破門された腹いせに敵対組織と結託し、岐柳に仇《あだ》をなしたのだ。組員たちの溜飲《りゅういん》を下げさせ、凪斗を支持する気持ちにさせるには、私刑――しかも命を落とすほどの私刑が望ましい。それが極道なりの道理というものだ。

しかし、判断力が回復したところで、凪斗にその決断ができるのか？

そういう残酷な決断をさせるのが、補佐である自分の役目なのか？

角能は険しい顔のまま、応接間を出て書斎を抜け、寝室へと重い足を運んだ。

凪斗は浴衣に身を包んで横たわっている。今日は折原が凪斗の様子を看《み》てくれていた。彼に場を外してもらい、凪斗とふたりきりになる。

凪斗のほっそりした首には包帯が巻かれている。いまだに残っている辰久の手指のかたちの痣を隠すためだ。

角能は枕元に跪き、呼びかけた。

「凪斗」

＊　＊　＊

「凪斗」

呼びかけられて、凪斗は重たい瞼を上げた。

枕元に、闇を凝らせたような髪と眸をもつ端麗な顔立ちをした男がいる。

——角能、尭秋。

その名を胸に呟いても、心の表面は鏡のように凪いだままだ。

大阪へと拉致される前、角能の容姿も名前も、自分にとって世界でもっとも意味深いものだったことは、記憶している。記憶しているだけで、心が動かない。

すべてのものの価値が平らに均《なら》されてしまったみたいだ。

生きることの意味すらわからない。

無表情のまま見返していると、角能がつらそうに目を眇めた。

「久隅がきていたんだ。今回のことで、桜沢さんも、あいつの情人も傷を負った。口惜しい気持ちは、痛いほどわかるんだがな」

そういえば、そんな報告を聞いたっけと、凪斗は思う。

でも、もうどうでもいいことのように思えた。

角能や久隅のことに限らない。岐柳組のことも、祖母の死すらも、すべてが等しく、どうでもいいことだった。

凪斗は、ふと瞬きをした。そして呟く。

「あめ？」

「……。ああ、今日は朝から雨だ」

沈黙が落ちる。

かすかな雨の音が、その沈黙に擦れた線をいくつもいくつも引いていく。

「なぁ、凪斗」角能に訊かれる。

「もし、俺がおまえを守るために大怪我をしたら、どう感じる？」

凪斗は朧に思考する。

角能と自分は肉体関係があり、少し前までは深い心の交流があった。そこから考えれば、角能が言ってほしがっている言葉はわかる。

「かなしい」

心の宿らない言葉は、かえって角能を傷つけたようだった。

鮮やかに二重の入った目が、痛みを押し殺して閉ざされる。

これではいけないと、わかっている。

でも、動かない心をどうすればいいのかわからないのだ。

……心はまるで、透明なアクリルのなかに封じられているかのように固まってしまっている。なまなましい熱も冷たさもなく。

異母兄に犯されながら立てつづけにドラッグを打たれたとき、自我が溶けてしまったのを感じた。培われてきた、岐柳凪斗も円城凪斗も溶け崩れた。そして、感情回路を失ったいまの自分が残った。

どうすれば、固有の自我というものを取り戻せるのかわからない。

もし回復するとしたら、ふたたび岐柳凪斗と円城凪斗という相反する自我が生まれるのだろうか？

そしてまた、いろんな事々に心を抉られ、苦しむのだろうか？

たぶん、なによりの問題は、自分が元どおりになりたくないと思っていることなのだ。

——もう、苦しみたくない。

岐柳組四代目として負わなければならない、不条理なまでの喪失と重責。

特に角能尭秋への恋情は、深さのぶんだけ、苦しみと癒着していた。

愛してる。守りたい。傍にいて。

嫌われるのが怖い。傷つけてしまうのが怖い。失うのが怖い。

想いが終わることのない螺旋を描いていく。果てしない、正の昂揚《こうよう》と、負を予感する苦痛。

過去の自分のなかを覗き込んでいると、ふいに苦みを含んだ寂しい匂いが鼻腔をくすぐった。

強い腕に上体を連れ去られ、抱き起こされる。

髪に唇がきつく押しつけられるのを感じる。

「かどの、さん？」

凪斗は男の広い背中に手を回し返すこともせずに、ただただ、擦れる雨の音を聞いていた。

＊＊＊

組の内外の者が、今後の相談や様子窺《うかが》いに本宅を訪ねてくる。角能は補佐役としてそれに対応し、その合間を縫って、ひとつの病院に入院している負傷した組員およびその家族を見舞った。久禎の代から懇意にしている病院なので、充分に護衛も配備でき、時間を問わずに訪ねることができるのはありがたかった。

自分が凪斗を熾津臣に奪われたことが遠因となって、組の人間や関係者が深手を負ったのだ。それに対する申し訳ない気持ちからの見舞いだったが、それは同時に凪斗へと人心を繋ぎ止めるためのものでもあった。

しかし、いつまでこの状態を続けていくのか。

もとに戻る目処《めど》が立たない凪斗が四代目でいて、いいものなのか。

もっと熱情のある者が——たとえば、久隅拓牟のような男がトップに立つのが理に適っている。凪斗の回復が困難だと判断がついたときには、それがベストの選択だろう。

そんなことを考えながら、見舞いを終えて夜の病院のエレベーターに乗り込む。

一階で開いた扉のむこうには、スーツ姿の男が立っていた。咄嗟にジャケットの内側に手を滑り込ませて、銃を握る。

手に青っぽい色合いの花束を提げた男が、剣呑とした表情で顔を上げた。

角能は短い溜め息をついて、懐から手を抜いた。代わりに、その手で閉まらないようにエレベーターのドアの縁を押さえる。

エレベーターの内と外で言葉を交わす。

「桜沢さんの見舞いか？　今日は調子が優れなくて、もう休まれているようだが」

「叔父貴には昼に会った。別件のほうだ」

久隅は男くさい面立ちを苦くしたまま答える。

涼やかな色合いの花束は、「別件」用の花束というわけだ。

久隅の情人は、岐柳組関係者とは違う階の内科の個室に入っている。相手は超のつく堅気の仕事に就いているため、見舞い客と岐柳組関係者が廊下で鉢合わせない配慮だった。やくざ臭のしない八十島SSのボディガードが二十四時間体制で、久隅の情人の警護に当たっていた。

「一度、見舞いをさせてもらいたい」

申し出るが、

「断る」

と、久隅はにべもない。

「だが、今回の件は岐柳組のトラブルに巻き込んだかたちだ。謝罪は必要だろう」

「これは俺とあの人の問題だ。あの人だって、組からの謝罪なんざ望んじゃいねぇ……いつまで、そうやって箱に乗ってるつもりだ？」

角能をうえの病室に招くつもりはない、早く箱を空けろ、と言いたいのだろう。

しかし角能が箱から出ても、久隅はそれに乗らなかった。エレベーターの扉が閉まる。久隅は壁に背を預けると、斜め前に立つ角能に険のある視線を向けてきた。

「それで。四代目は相変わらずなのか」

「ああ」

角能は苦渋の表情で続けた。

「身内や情人を傷つけられて腹が煮え繰り返っているのは、よくわかる。四代目を傷つけられて、俺も同じ気持ちだ。熾津組への報復をうやむやにするつもりはない。ただ、いましばらく四代目に時間をくれ。頼む」

「……」

しばし視線をぶつけたのち、久隅が視線を横に流した。

「まぁ、あんたの四代目に対する気持ちなら、信じられるか」

ぼそりと呟いてから、鳶色の眸が戻ってくる。

「けど、俺は待つにしても、そうはいかない奴らもいるみたいだぞ」

「ああ…構成員の一部の者たちが不穏な動きをしているらしいな」

「大所帯なだけに、一部が何百人にも膨れ上がるのは時間の問題だ。そうなったらクーデターが起こる。いや、それ以前に、気の短い奴らが先走った行動を取らないとも限らない」

実際、凪斗の祖母は、凪斗の代わりに組の者の手にかかって命を落としているのだ。なにも大袈裟な話ではない。

……それどころか、二日後には、それは現実のものとなった。

凪斗の寝所に匕首を持って侵入した若衆が、八十島によって取り押さえられたのだ。しかもその若衆は、まったく悪びれることなく喚き散らした。

「当代がアレじゃあ、岐柳のもんだってだけで嗤われて、シノギにもなりゃあしねぇ。言っときますが、俺ひとりがとち狂ってるわけじゃありませんぜ。すぐに、また誰かが四代目の寝首を狙って、次の首にすげ替えようとするでしょうよ」

事態は、すでに一刻の猶予もないところまできていた。


角能は三代目に折り入って相談したいことがあると時間をもらった。

そして凪斗の回復が読めない以上、適性のある者に早急に代目を譲るべきだと考えていることを告げた。

しかし、特殊な事態なのだからそれもやむを得ない、という言葉を三代目は口にしなかった。

「岐柳の看板は簡単に上げたり下げたりできるほど、軽いってぇわけか？」

そう凄い目で睨みつけられた。

腹の底がぞっと冷えたが、角能は返した。

「決してそういうつもりはありません。看板を壊してしまう前に、守れる者に譲るという話です」

「おんなしことだ。大体、代目を捨てさせて、そのあとの凪斗をどうするつもりだ？」

「俺が責任をもって面倒をみます」

「大した女房気取りだな、角能」

角能はぐっと奥歯を嚙んで、気を落ち着ける。

たしかに意見は求めたが、三代目はすでに隠居の身、最終的判断は当代である凪斗が下すべきものだ。いざとなれば強行で代目を譲ることもできる——その考えをしかし、三代目は眇めた目で見透かした。

「おまえは、まだまだこの道をわかってねぇなぁ」

久禎は脇息に肘を載せなおし、続けた。

「岐柳組四代目としていったん渡世に名の知れ渡った人間が、はい堅気に戻りましたってぇ、安穏と一般人の生活を送れるわけがねぇ。こんな稼業だ。うちに恨みを持ってるやくざ者はいくらでもいる。腹いせにひでぇ目に遭うだろうよ。命が何個あっても足りねぇだろうな」

「……」

かといって、このままの状態で組長を続けさせていたら、またいつ命を狙われるか知れない。

退路を断たれ、時間稼ぎも許されない。

――凪斗を生かすためには、どうとしてでも早急に回復させるしかないのか…。

＊＊＊

割れるように頭が痛む。胃が引き攣れる。

枕元に置かれた嘔吐用のボウルに手を伸ばしたが、間に合わなかった。

口に当てた浴衣の袂が吐瀉物《としゃぶつ》になまぬるく汚れていく。とはいえ、晩はほとんど食べ物を口にしなかったから、吐けるものは胃液ぐらいだけれども。

横の布団で寝ている角能がすぐにボウルを口許に運んで、背中を摩ってくれる。

「ぜんぶ吐け。楽になるから」

肉体的な苦しさに涙を浮かべて、凪斗は胃が空になるまでもどした。

「もういいか？」

頷くと、角能はボウルを片付けてから、凪斗を抱き上げた。

「……自分で、歩ける」

「こんな真夜中ぐらい、素直に甘えろ」

角能はぶっきらぼうにそう言うと、そのまま凪斗を浴室に運んだ。

ここのところ、角能は常に険しい表情をして、忙しそうだった。角能がいないときも、凪斗の周りには護衛として八十島ＳＳの誰かがいる。自分は役立たずで寝ているだけなのだから、ひとりでいい。もし体調が急変したり、このあいだのように組の若衆が寝首を掻きにきたり、熾津組に拉致されたりしたら、その時はもう放っておいてほしい。

自暴自棄のような激しさもなく、平坦な気持ちでそう思う。

すでに、帰京してから一ヶ月が過ぎていた。

自分の心はいまだに動かない。

気力は萎えたままで、頭痛や嘔吐も軽くならない。

こんな自分が岐柳組をまとめていくことなど、できるわけがない。角能だって、もうわかっているはずだ。

わかっているはずなのに、角能は凪斗に報告というかたちで現実を突きつけてくる。

熾津組との抗争。熾津組が手を組んでいる中国マフィアが、関東で台頭してきていること。組員たちの人心掌握。組織内外の動向。辰久と数井の処分が急がれること。

それを聞いていれば、本当なら自分がこんな木偶《でく》の棒でいられる状態でないのはわかる。

「すべてに的確な対処をしていかないと、岐柳組は内からも外からも破壊されることになるぞ」と、角能は厳しい声で迫る。

——無駄なのに。

浴衣を脱がされて、裸体を晒す。凪斗は脱衣所の姿見を横目で見た。

肋骨の波がわかる薄い胴体。せっかく体術や居合いを教えてもらったのに、少しはついた筋肉もごっそり削げてしまっていた。刺青の蛇は貧相な肉体を喰らっているかのようだ。

――俺には、この蛇を背負う資格なんてなかったんだ。

悲しいとか口惜しいとかではなく、自然とその昏い結論を受け入れる。

角能は自身は浴衣を着たまま凪斗に温かなシャワーを浴びせ、絹のタオルで身体を洗ってくれた。裾をはしょっているとはいえ、浴衣は水気を含んでいく。

最近の角能は、凪斗の風呂を手伝ってくれるとき、いつも衣類を着たままだった。

「浴衣、脱げばいいのに」

呟くと、角能が凪斗の項を絹でこすりながら苦笑した。

「脱げない理由ぐらい、わかれ」

「…………、したいなら、すればいい」

「その体調で、勝手を言うな」

「前は、俺の体調なんて気にしなかった」

「人がどんな想いで堪えてると思う」

「堪えなくていいよ」

凪斗のテンポは遅いが、本当に久しぶりにまともに言葉を交わしていた。

角能の洗う手はいつしか止まっていた。探る眼差しを向けられる。角能が無駄な期待を抱かないように先制する。

「俺のなかでは、なにも変わってない――なにも動いてないから」

苦笑を浮かべて、角能が訊いてきた。

「おまえはセックスをしたいのか？」

それはよくわからない。

けれど、角能は自分のために無駄な苦労を重ねている。それを思えば、この肉体で快楽を得る権利が彼にはある。

だから凪斗は強い腕に引かれるまま、角能の胸に濡れた身体を預けた。


本当に、自分は抜け殻になってしまったのだと思う。

凪斗は仰向けに横たわったまま、ずっと目を閉じていた。息は乱れるし、肌も汗ばむけれども、射精は起こらなかった。

角能が苛立ったように、凪斗の萎《しお》れた茎を口から抜く。

すっかり割れている浴衣の裾。右脚だけを肩に担ぎ上げられて、股を開かされる。指でしつこく拡げられた粘膜にすっと空気が入り込み、小さく口を開いているのがわかった。そこへと、男の性器があてがわれる。

いくら弛緩《しかん》しているとはいえ、一ヶ月ぶりの行為だ。狭い蕾の口に性器をねじ込まれると、痛みに声が押し出された。

「……ふ、ぅ」

凪斗は首筋を火照らせ、眉間に皺を寄せる。

突き上げられて、抜け殻の身体が力なく揺れる——角能が苦々しく舌打ちをした。ずるりとなかからペニスが引き抜かれる。

目を開く。

角能は立てた膝に肘を載せて、自身の髪をぐしゃりと力いっぱい握り締めていた。その手は震えている。

「どうやったら、おまえを生かせる?」

凪斗は浴衣の前を掻き合わせながら起き上がる。

「いいよ、もう」

「なにがいいんだ?」

「もう俺は駄目なんだって、角能さんも認めればいい」

「ここで立て直せなかったら、命だって危ないんだぞ!」

「だから、それでいい。母さんや祖母ちゃんのところにいける」

角能が濡れた険しい眸を晒し、手を上げた。

頬を激しく打たれて、凪斗は褥に倒れかける。しかし、倒れきる前に二の腕を摑まれた。肩の関節が外れそうなほど荒っぽく引っ張られ、立ち上がらされる。横の書斎に連れていかれた。突き飛ばされて畳に転がる。

角能は天井の灯りを点けると、押入れを開けた。

取り出された絵から、凪斗は咄嗟に目をそむけた。そのそむけた視線の先へと角能が絵を摑み立たせる。闇に咲く、色とりどりの波紋。抱えきれない想いを託した絵。

「初恋」だ。

「この絵も、どうでもいいのか？」

突きつけられる。

自分のなかでもっとも解凍しやすいかたちに変換し、凝縮した、角能への想い。

胸の奥底で、チリと小さな火花が散った気がした。それを慌てて押し込める。

そして、ぼそりと答える。

「どうでもいい」

「――――わかった」

角能は据わった目をすると、絵を脇に抱えて、書斎から応接間に抜けた。

嫌な予感に凪斗は立ち上がり、角能のあとを追った。

応接間の机上に置かれた塗りの箱が開けられていた。そこからなにを取り出したのか…。

応接間から広縁に抜けた角能は、ガラス戸と雨戸を乱暴に開けた。月光が紗《しゃ》の帯のように凪斗の足元へと落ちてくる。

角能は裸足のまま、庭に出た。春には花の群雲を載せていた桜の木が、葉陰のシルエットをほのかに浮かべている。角能はそれを見上げてから、こちらへと身体を返した。

絵の表をこちらに向けて、地に立てるかたちで支える。

と、角能の右手で小さな火花が散った。

「え…」

もう一度、火花が散って、それは小さな炎となる。

凪斗はようやく、応接間の塗り箱から角能が取ったものがなんだったのかに気づく。

ライターだ。なめらかな手触りの、金無垢《むく》のライター。

「角能、さん――なにを？」

尋ねる声は震えた。

小さな炎が風に揺られながら、絵の端に近づけられる。心臓がとくんと跳ねた。

広縁に立った凪斗は、思わず一歩前に出た。

「待――」

「どうでもいいんじゃないのか？」

「……」

凪斗は雨戸の縁をぐっと握った。そうして、込み上げてきそうになる感情を殺していく。

喉に力を籠めて、告げる。

「好きに、すれば？」

角能は眉間に深い皺を刻み、口を厳しく横に引いた。

小さな炎が震えている。風かと思ったけれども、角能の手が震えているのだと知る。

本気なのだ。

角能は本気で絵を燃やそうとしている。心臓がぎゅうっと竦む。

炎が絵の右上の端に触れた。杉板にガーゼ状の布を張ってある作りだ。ガーゼに火が移る。

「初恋」の端を薄く舐めるように炎が拡がっていく。

凪斗は手の爪が真っ白になるほど、きつくきつく雨戸の縁を握り締める。

心臓が痛い。パチパチと音をたてて、下の杉板がめらりと燃えだす。凪斗の胸の底でも、パチパチと火花が散りつづける。

――だいじょうぶ……大丈夫だ、堪えられる。

自分の心は溶けてなくなってしまったのだから。

身体中の産毛が逆立っている。悪寒と切羽詰まった熱が交互に身を苛む。呼吸が震える。

想いが感情というかたちを取らずに、すべて体感として表出されているようだった。目と鼻の奥の重苦しさに耐える。

無惨に燃え爛れていく絵。

絵の裏の板部分を支えている角能と視線が激しくぶつかった――ふと、角能の目が笑んだように見えた。燃える絵を、角能は両手で持ち上げた。そして宙で、絵の表裏を返す。

「俺のことも、もうどうでもいいわけだな」

「え…」

次の瞬間、凪斗は喉が裂けるような悲鳴をあげていた。

燃える「初恋」を、角能がその胸に抱き込んだのだ。炎の照り返しが男の彫りのしっかりした顔を闇に浮かび上がらせる。

破裂しそうになる胸を拳で押さえて、凪斗は広縁から飛び降りた。わずかに湿り気のある土を蹴る。

「角能さんっ」

燃える杉板を摑む。けれど、角能の腕は硬直し、絵を離してくれない。

「やだ――いやだっ、これ離せよっ、離してくれってば！　角能さん!!」

涙が目から噴き出す。

「どうしたっ!?」

八十島の声が背後から聞こえる。凪斗は角能から絵を取り上げようとしながら、必死に叫ぶ。

「助け――角能さんを、助けて！」

「凪斗くん、どいてろっ」

肩を摑まれて角能から引き離される。脚から力が抜けて、その場にへたり込む。

八十島は角能の手首を摑み、捩じるようにして腕を開かせた。板が地面に落ちて炎を上げる。角能の濃紺の浴衣を、火が激しい光を放ちながら舐めていた。角能ががっくりと両膝を地につく。八十島は着ていたTシャツを脱ぎ、それで炎を叩き殺した。

「八十島さん、水ですっ」

少し離れたところにある庭木に水を撒くためのホースを山根が引きずってくる。本宅に住み込んでいる若衆たちも、なにごとかと集まってきて、あたりは騒然となる。

「あ――」

凪斗はひくりひくりと身体を震わせていた。

——角能さん、角能さん、角能さん…………。

角能のすぐ近くにいきたいのに、身体の感覚は麻痺《まひ》してしまっていた。壊れた音を轟かせる心臓。滂沱《ぼうだ》の涙で視界が塞がれる。

空気を吸い込めない。

胸の奥底で、なにかが砕けていく音がする——。

上下左右もなく、たゆたう感覚。寒気に身を震わせてから、ゆるりと目を開けた。

眼球に冷たさを感じる。見上げれば、水面はそう遠くない場所にある。分厚い氷は張っていないようだ。これはいつもの悪夢ではないのだとホッとする。

——早く、角能さんのところにいかないと……。

角能はひどい火傷《やけど》を負っているはずだ。

そのことを思うだけで、胸が不安にギシギシと軋む。

慌ただしく水を掻いて水面を目指そうとするとしかし、右脚がまったく動かないことに気づく。

薄茶色の髪を揺らめかせながら、凪斗は睫を伏せ、足元を見た。

透明な水のはずなのに、底のほうは闇に淀んでいる。その淀んだ闇から手首よりひと回り太い茎のようなものが伸びて、凪斗の右足首に絡みついていた。

脚を振るって、払い落とそうとする。しかし、ずるっとその黒い茎は脛へと這い上がってくる。その感触にぞわりとする。

──なに？

しかも、よくよく見てみれば、脚を這っている茎は二本ある。茎の先端で、赤がちろりと蠢いた。その赤いものの先端は割れている。

見覚えのある……凪斗は自分の裸身を見下ろした。そして、白い右胸に目を瞠る。そこには蛇の頭が這っていたはずだ。右脚の付け根に絡む黒い尾もない。

まさか。

改めて、自分の脚を這い上がってくるものを凝視する。

一本の茎がすっと先端を上げた。そこがカッと割れて、白い牙が剝き出しになる。

その威嚇する黒蛇は紛れもなく凪斗の背の左肩甲骨のあたりに刻まれているはずの蛇の頭だった。

──これは、俺の刺青？

改めて身から離れた姿を見れば、その畸形ぶりがおぞましい。

片方の蛇はすでに尖った腰骨のうえを這い、舐めなれた右側の乳首へと頭を伸ばしていた。蛇の重さに、水底へと沈みそうになる。凪斗は必死に両手と左脚で水を搔いた。一刻も早くここから抜け出して、角能のもとに戻るのだ。

そう思うのに、右胸を蛇の舌がちろちろと舐めだす。乳輪のなかから粒を硬く育《はぐく》まれる。その蛇の首を摑んで引き剝がそうとすると、今度は下腹に苦しさを感じた。もう一匹の蛇が、性器を持ち上げるように付け根にひと巻きしていた。きゅっきゅっと締めつけられて、そこに淫靡な熱が生まれる。少し長さを増した茎の先端を蛇の舌が舐めまわす。縦の切れ込みに舌がもぐり込む。

「——！」

腰をビクビクっと跳ねさせた凪斗の口から、ごぼりと気泡が溢れる。

苦しさと下賤《げせん》な欲に、肌が紅潮していく。

背を丸めて性器に絡んでいるほうの蛇を左手で摑む。すると剝がされまいとした蛇は顎の関節を外して口を開いた。

「ぃ…ぁ、あ」

蛇の口に亀頭が消える。段差のところに熱い鋭い痛みを覚えた。牙がめり込んでいた。恐怖と痛みに身動きできないでいると、臀部の狭間になにかが這った。双頭の蛇の首はそれぞれ左右の手で摑んでいる。

三つ目のそれは、先端に頭がないようだった。端がしゅっと細くなっている。それが会陰部をいやらしくくすぐる。必死に腿を閉じて阻むのに、ぬるりと滑って蕾を探り当ててくる。

形状からして、蛇の尾の先だと気づいたときには、すでに後孔の窪みへと侵入されていた。粘膜の入り口の部分で尾が円を描く。弱い口の部分をほぐされて、懸命に孔を閉ざそうとするのだけれども、強い尾がにゅるりと深く繫がってくる。

凪斗の身体のことは内側までよく知っていると言わんばかりに、さして難もなく侵入した尾は、先端で前立腺《ぜんりつせん》の凝りをピタピタと叩いた。次第に速く連打されていく。

「っ、…っ、…、…ふ、ぁあ」

凪斗の性器は、咬まれている痛みを感じたまま、硬く突き勃ってしまっていた。蛇の喉には大量の先走りが流れ込んでいるに違いない。

両手を脚のあいだに伸ばし、侵入している蛇の尾を摑んで、引きずり出そうともがく。身体が水中でぐるりと一回転する。

性器の付け根に痛みを感じる。見れば、茎の根元まで蛇に呑まれていた。

蛇の内臓の蠕動にペニスを扱かれながら、角能によってさんざん淫事を教え込まれた粘膜を、ずくずくと犯された。ひと突きごとに結合の深さが増していく。蛇の尾は内臓のかたちに身を捩じり湾曲させて、どこまでもどこまでも侵入してくる。

口のなかにも肺にも水が満ちているようだったけれども、不思議と、もう苦しさはなかった。

ただ、あり得ないほど内臓を深くまで抉られて、激しい恐怖と悪寒——快楽にのたうつ。

だらしなくゆるんだ唇に、なにかが入ってくる。舌を咬まれて、それが蛇の頭だと気づく。まるでフェラチオを強いられるように、口の粘膜を使われた。

ペニスと内臓に与えられる強烈な快楽に痴れて、角能のものを貪欲《どんよく》に舐めしゃぶるときの口淫をしてしまう。喉を開いて、えずくほど奥へと含み……凪斗は目を見開いた。

「ん——んぐ、ぅ」

喉の奥に蛇がずるずると侵入してきたのだ。

苦しい。苦しさと生理的な悪寒に鳥肌が立つ。

長い時間をかけて、上からも下からも犯されていく。もしかすると、凪斗の体内で、蛇はすでに自身の尾を咥えているのではないか？

とろとろと白濁を漏らしつづける性器は、とっくに蛇に消化されてしまったのではないか？

「……ぁ……」

体内の蛇がぐつりと輪郭をゆるめたのを内臓で感じとる。

蕩けていく——自分が蛇へと、蛇が自分へと、溶け崩れて。ひとつになる。

凪斗から放たれる欲情の熱が、水をもぬるめていた。

心地いい人肌のぬくもり。

至悦に、一切の身体の力が抜ける。

深い水のなかをすうっと身体が上昇していく。

ぽっかりと水面へと浮かび上がる。

ぬるい水と涙に濡れそぼった睫を開く。

……雲ひとつない、美しい蒼穹《そうきゅう》を、見る。

9

胸を焼く炎。

熱を吸い込み、肺まで焼かれるように痛む。この痛みは、贖《あがな》いだ。

まだ少年のような若者を、穏やかな日常から連れ去り、白い肌に墨を入れさせ、極道者たちの長にしたことへの、償いきれない代償。

だから、この劫火をすべて身に受けなくてはならないのだ。

瞼を硬く閉ざして身体中に力を籠めて激痛に耐えていると、ふいに額に冷たさの波紋が拡がった。

冷涼を恋い焦がれて、角能は顎を上げた。干からびた唇に、ひんやりしたものが触れる。それを必死に啜《すす》った。

『角能さん』

耳に馴染んだ、掠れぎみな声に呼ばれる。

その声に釣り上げられて、角能は劫火の悪夢から浮上する。

腫れた瞼を上げる。

「……よかった、角能さん」

透けるような淡色の眸が安堵に大きくゆるみ、それからちょっと困ったように笑む。

自分が凪斗のひんやりとした掌の皮膚を吸っているのに気づく。そっと引こうとする手首を摑み、
薄い肌に唇を押しつける。

腕には点滴の針が刺されており、肉体的な渇きを覚えているわけではなかった。それでも、想いの渇きを癒《いや》したくて。掌だけでは足りず、すんなりした親指を根元まで口に含んで吸った。

吸う肌が火照ったころ、ようやっと唇を離す。

唇は離したけれども、その小作りな手は放さない。

改めて凪斗の顔を見上げる。その顔には、愛らしさと怜悧《れいり》さが宿っている。

「もとに……戻ったんだな」

不明瞭な呂律《ろれつ》で尋ねると、凪斗は睫をすっと伏せて少し考える表情をした。

そして、答える。

「もとに戻ったのとは、違うかもしれない。でも、もう大丈夫だから」

言われてみれば、たしかに以前とは違うようだった。

円城凪斗にしては大人びており、岐柳凪斗にしてはあざとい艶やかさがない。

もっと自然な、鎮まった色香を孕んでいる。

「…っ」

意識がくっきりしていくに従って、胸部全体が脈打つように痛む。思わず顔をしかめると、凪斗がつらそうに声の輪郭を震わせる。

「角能さん、ごめんな。俺のせいで、ひどい火傷を負わせてしまって」

「……おまえが、生き延びられるなら、安いものだ」

言葉を呑み込むような沈黙のあと、凪斗は口角をそっと上げた。

「ありがとう、角能さん」

これまで見てきたなかでも一番の、奥深い懐を感じる綺麗な微笑だった。

その微笑が霞《かす》んでいく。

もっと見ていたいと思うけれども、瞼が重い。

「安心して眠って、早くよくなって——ずっと一緒にいよう」

心地よい声と掌に撫でられて、角能はふたたび眠りに沈んでいった。

ひんやりとした心地いい暗がりで、意識を丸める。

＊＊＊

岐柳本宅と隣接する土地に建っている本部事務所の一室。

部屋に入ってきた折原が、凪斗に左上をホッチキス留めされた紙束を差し出す。

「これ、凪ちゃんが言うてはったのんの調査、まとめたやつ」

四日前、凪斗は折原に数井正彦の過去を調べてほしいと頼んだのだ。

「ありがとうございます」

凪斗はそれを受けとると、折原に向かいのソファを勧めて、自分も腰を下ろした。

「数井サンとこの親御サン、えらい昔に離婚してはって、母親が妹連れて再婚して名字変わっとったから、ちょっと手間取ったんやけど」

アウトプットされた書類には、数井に関することが詳細に記されていた。写真も何枚も取り込まれており、冷淡な印象の数井正彦という男の人生の断層をリアルに浮き彫りにしている。

これまで岐柳組が把握していた数井正彦という男は奨学金で大学を出て堅気の会社に勤めたことがあり、片親だった父は行方不明の天涯孤独、ということぐらいだった。

しかし実際は、数井が中学三年のときに父親のギャンブル依存症が原因で両親が離婚し、母親と七歳年下の妹——名前を未夏《みか》という——と別れて暮らすことになったという経緯があった。

妹は数井にとてもなついていて、両親が離婚してからも月に一度は会っていたという。

中学の制服らしいセーラー服を着た数井の妹の写真もカラーで打ち出されていた。兄に似たすっきりした面立ちながら、ふんわりとした笑顔を浮かべる少女だ……いや、数井も昔は、こんなふうな笑い方をする人間だったのかもしれない。

そんな離れて暮らしても仲のいい兄妹の逢瀬《おうせ》は、突然終わりを告げた。

数井未夏が住んでいたマンションの屋上から飛び降りて自殺したのだ。

その一週間前、彼女は学校帰りに行方不明になり、母親が警察に相談に行っていた。翌日には帰宅したようだったが、その時、彼女の身になにがあったのか？

当時、ギャンブル漬けで働かない父と暮らしながら、数井は昼は大学、夜はバイトのかけ持ちという生活を送っていたのだが、彼はしばらく大学を休んでまで妹の自殺の真相を追った。数井の憔悴《しょうすい》ぶりは凄まじいもので、友人たちはひどく心配していたという。

未夏の死からしばらくして、数井の父親は失踪《しっそう》した。

大学を卒業した数井は堅気の商社に入社してまじめに勤務していたが、二十六歳のときに突然、一身上の都合で会社を辞めた。

そしてすぐに、岐柳組若頭だった岐柳辰久が社長を務める会社に転職している。

数井はみるみるうちに頭角を現し、入社から一年半後には辰久の片腕として重用されるようになった。

『憎いですよ。あなたも、辰久も、岐柳の大蛇も、岐柳組に絡むものは一切合財、憎くて仕方ありません』

数井の目的は、岐柳組をなかから解体することだった。

その動機と思《おぼ》しきものについて、数井はなにか語っていたような気がする。

凪斗は調査書を凝視したまま、こめかみに指先をめり込ませて、記憶を懸命に辿る。

――妹……そうだ、妹のことを、数井はなにか言ってた。

ふいに、消してしまいたい異母兄に犯されたときのことが鮮明に甦ってきた。

吐き気と悪寒が押し寄せてくる。

記憶を遮断したい欲求を抑え込んで、凪斗はそれを再現させた。

異母弟の身体に溺れる辰久に、数井が言う。

『そんなに激しくしたら、壊れますよ？』

辰久が嗤いながら繰り返す。

『壊れろ壊れろ壊れろ』

『そうですね…壊れればいい。私の妹が壊されたように——妹はまだ十三歳だったのに』

怨嗟の声で言うと、数井は凪斗の髪を摑み、揺さぶった。

『妹の気持ちがわかりますか？　拉致されて、男たちにまわされて、その姿を撮影されて。死んだあとまで岐柳組の資金源にされて』

数井の頰を涙が流れ落ちる。

『岐柳組を潰すことだけが、私にできることです』


——妹、撮影、資金源……自殺の一週間前に数井の妹の身に起こったのは……数井が岐柳組を恨みながら、そのフロント企業にわざわざ転職してきた理由は……。

ひとつの像が結ばれていく。

削げた頰に翳《かげ》を滲ませると、折原が心配そうな顔をした。

「凪ちゃん、この四日間、あんまり休んでへんのやろ？」

「最近休みっぱなしで、休み溜めしてあったから」

ずっと角能が詳細な報告をおこなってくれていたお陰で、現状把握はできていた。

そしていまの自分は、なにをどう動かしていけばいいのかが、以前よりはわかる。

まだまだ不十分でこの先も何度も頭を打って苦しむだろう。

けれどもそれを呑み込んで大きくなっていかなければ、岐柳組をまとめ、角能とずっと一緒にいることはできないのだ。

凪斗は折原の手を見つめた。

左手は中指と小指の先が欠け、包帯の巻かれている右は親指の先が欠けている。右手の親指、人差し指、中指のひとまとまりになっている神経はいまだに回復していない。折原はその現実を受け止めて、全力を尽くしてくれている。

自分もまた、折原の現実を受け止め、呑み込まなければならないのだ。痛みから目をそむけることなく。

「折原さん」

凪斗は改まった口調で、真剣に問う。

「また酷い怪我をさせてしまうかもしれません。命を危うくさせることもあるかもしれません。それでも、俺についてきてくれますか？　俺はまだまだ未熟ですが、全力であなたを守ります」

これは折原に対する想いであり、同時に岐柳組すべての者に対する想いだった。

折原はしばし沈黙し、それから強い眸で頷いた。

「四代目にお供します」

数拍置いてから、折原が笑って頭を掻いた。

「なんか照れるわ。凪ちゃん、えらい格好ようなったんちゃう？」

若衆たちが本部事務所の別々の部屋に監禁されていた辰久と数井を、会議室に連れてくる。

凪斗がこの裁きに同席を願ったのは、久隅拓牟と八十島泰生、そして三代目と数人の幹部だった。

数井はやつれた様子なりに硬い冷たい表情をしており、後ろ手に手錠をされた姿、促されるままに凹型に並べられた長テーブルの下座に腰掛けた。

しかし、辰久のほうは四人の若衆がようやっと取り押さえているような状態だった。もう半月ほどもドラッグを断っているため、禁断症状が出ているのだ。岐柳家のかかりつけの医師によって、点滴や安定剤が処方されていたが、あまり効いていないようだった。

「凪斗、てめぇ、そんな奥に座りやがって——その席はなぁ、ホントなら俺が座るべきとこなんだ。てめぇみたいな素人のガキが四代目だと？　ふざけんなよ、あぁぁ？」

その血走った目は、三代目へと移される。

ふいに情けを乞う調子になって。

「なぁ、親父《おやじ》ぃ。破門なんて取り消してくれよぉ。俺が岐柳組を二倍にも三倍にもデカくして、日本中を岐柳のシマにしてやるからよぉ」

久禎はそれを無視して、低いドスの効いた声で命じる。

「ガタガタ言ってねぇで、座れ」

「……」

辰久は不服げに唸りつつも、がたりと席に座った。暴れたらすぐに取り押さえられるように、若衆たちがその後ろに並んで立つ。

凪斗は厳然とした声と表情で場を仕切った。

「本日集まってもらったのは、岐柳辰久と数井正彦の処分を決定するためです」

列席する者のなかにも、襲撃による負傷で腕を三角巾《さんかくきん》で吊っているものや、杖を携えているものもいる。処分によっては黙っていないぞという空気が充満していた。

「先日の襲撃はご存知のとおり、じかに手を下したのは新宿に巣食う中国マフィアたちでしたが、裏で画策したのは、熾津組です。実質的に指揮を取ったのは熾津臣で、その熾津臣と与したのが、岐柳辰久と数井正彦の両名でした」

破門にした構成員ならなおさら、身内としての情状酌量はあり得ない。むしろ離反者がさらに刃を向けたのだから、見せしめの意味も込めて、死に類する厳罰を列席者たちは望んでいるに違いなかった。

凪斗は眉をくっと上げると、その空気に沿わない言葉を発した。

「ですが、この両名の逸脱には、岐柳組そのものに遠因があります」

訝しむ顔をする一同に、凪斗は折原の調査を基にして、さらに調べを進めたことを口にした。

すなわち、数井の妹が岐柳組系列のビデオ製作会社によって嬲り者にされて、自殺したということだ。

それが事実であったことは、数井の顔に拡がった動揺と深い怨嗟の色に明らかだった。

数井は二十六歳のとき、妹が嬲り者にされているビデオの存在を知ったのだろう。

ビデオ製作会社のほうは田上《たがみ》という組員が組の許可なく創《はじ》めたもので、七年前に久禎の命によって潰されている。数井が真実を知った四年前の時点ではすでに製作会社はなくなっていたわけだが、妹を食い物にされた遺族が過去のことだと流せるわけがない。

数井は、元凶である岐柳組への復讐を誓った。

だが、素人ひとりで、どうすれば暴力団組織に打撃を与え得るのか？

そうして思いついたのが、岐柳組の経済部門にもぐり込み、内側から組織を崩していくことだったのだ。

「……岐柳組は、十三歳の未夏を拉致して、心も身体も踏み躙った」

数井が低い声で呻くように呟く。

それを受けて、辰久の背後に立っていた二十代後半の橋本《はしもと》という組員が、凪斗に発言の許可を求める視線を向けてくる。彼は凪斗がこの場に呼んだ重要な証人だった。

凪斗はその組員の名を呼び、発言を促した。

「オレは中学出てからすぐ、その製作会社で使いっ走りをやってました」

幹部たちの視線を一身に受けて緊張した面持ちで、橋本は早口に、しかしきっぱりと言いきる。

「そんで、田上さんて人によくしてもらって、こっちの組に入れてもらって——その田上さんがビデオ会社の責任者やってたんスよ。田上の兄貴は、たしかに組長さんの許可を取らねぇでシノギやってましたよ。けど、女の子を拉致してビデオ撮ったことなんて、一度だってありません」

その言葉に、数井が激しく反応する。

椅子を引っくり返して立ち上がると、橋本をすごい目で睨みつけた。

そのまま迫っていこうとするのを、ふたりの組員が椅子に座らせようと試みる。後ろ手に拘束されたまま、数井は乱暴な動きで身体を大きく振るった。

「おまえが妹を——未夏を無理やり連れ去ったのかっ」

「…っ、だから、拉致ったりしてねぇっつってんだろ！」

数井の気迫に圧されて思わずあとずさりながらも、橋本は言い返す。

「使った女の子たちは、みんな借金してるとか、男に貢ぐとかで金が必要だってんで、ビデオに出てたんだ」

「妹はまだ十三歳だった。借金や男に貢ぐなどあり得ない！」

「んなこと言われたって……」

あ、と橋本は思い当たる顔をする。

「ああ、あと、親に売られたって子もいたっけ」

「……親？」

「アル中の親とか、ギャンブル好きの親とかに売られてさ。そういう中高生はけっこういたなぁ」

数井の父親は重度のギャンブル依存症だった。そして彼は、未夏が自殺してしばらくしてから失踪している。

数井のなかでも、その思考が巡らされたようだった。

「——まさか、親父が……未夏を……？」

強張って蒼白《そうはく》になっていく顔を、凪斗は痛ましい想いで見つめる。

だが、処分はしっかりつけなくてはならない。

眼鏡のむこうから、冷たい怒りに猛る目が見返してきた。

「私をここから出せ」

「自由になって、なにをするつもりですか？」

「草の根分けても親父を捜し出して、真実を問い詰める」

もし真実だと確証が取れたとき、この男はどうするのか？

――それは、数井自身の判断で決着をつけることか…。

自分は岐柳組四代目として、この場でつけるべきけじめを示すだけだ。

しかし、少女が裏ビデオに出演させられて自殺するなど、やくざ社会を生きてきた者たちにとっては、さして特別なことでも同情することでもないらしい。幹部たちは口々に「ここを生きて出られると思ってんのか、数井っ」「制裁だ！」と怒声をあげている。

凪斗はすっと席から立ち上がった。

そして「お静かに」と、ビンッと一声を響かせる。

「今回の件は、個人の仁義を欠いた行為というより、岐柳組と数井の家庭の過去の因縁から生じた応報です。よって処分は、岐柳辰久はまず薬物中毒を完全に脱してからの絶縁とします。岐柳の戸籍からも離れてもらい、今生、一切の縁のないものとします」

ブレーンである数井はもう辰久と行動をともにすることはないだろう。とすれば、熾津組をはじめとして他組織にとっても、辰久と組む旨みは少なくなる。ただ、辰久から岐柳組のさまざまな内情を聞き出すことぐらいはできる。そこから起こる不都合は、岐柳組が負わなければならない。辰久の落魄《らくはく》の遠因は、岐柳組の者が数井の妹を死に追いやったためなのだから。

とはいえ、辰久は岐柳組若頭として渡世に名を売った男だ。素人として生きるにしても、これからの彼の人生はさぞかし厳しいものになるだろう。

「数井正彦の処分は、二度と岐柳に害をなさないと誓ったうえで絶縁、断指《だんし》にて詫びを入れてもらいます」

幹部たちは想定より桁違《けたちが》いに軽い処分に、憤懣やるかたない表情だ。

それを凪斗は、蛇の睨みで圧し伏せる。

「この処分によって、今後、岐柳辰久および数井正彦、両名との遺恨はなしとします」

禁断症状のさなかの辰久にも、いかに軽い咎めですんだかは理解できたらしい。辰久は連れてこられたときとは裏腹に、大人しく若衆に連行されて部屋を出ていく。そのよれたワイシャツ一枚下にある瘦せて丸められた背中を見送り、凪斗は運命に逆らえずに折れてしまった者の痛々しさをひしひしと感じていた。

他人事ではない。

自分もまた重すぎる運命に負ければ、同じような道を辿ることになるのだ。

辰久が去ったあと、紙と万年筆が用意され、数井はそれに二度と岐柳組に不利益なことをしない旨を記し、署名、血判した。

それから、断指のための敷き板が机上に置かれ、出刃包丁が用意された。

しかし、生粋の極道者ですら自分で自分の指を落とすのは、なかなか思いきりがつかないものだ。数井もさすがにひと思いに断つことはできなかった。手はガクガクと震え、とても自力で為《な》せるようには思われない。

数井の傍に立っていた凪斗は、そっと尋ねた。

「必要なら介錯《かいしゃく》しますが」

蒼白になった顔を上げて、数井がかすかに頷く。

凪斗はスーツのジャケットを脱ぐと、袖を捲った。数井の強張る手から包丁を抜きとる。柄は数井の掌の汗にじっとりと湿っていた。その苦悩の汗とともに、柄を握り込む。

そして、刃を数井の小指に当てた。

「数井さん、落とし前をつけてもらいます」


左手に当てたタオルを真っ赤にしながら、数井が手当てを受けに部屋を出ていく。

凪斗は血に濡れた手をハンカチで拭いながら、神妙な面持ちで傍に立っている八十島と久隅に呟くように頼んだ。

「介錯の件は、自然に耳に入るまで、角能さんには言わないでください」

組織をまとめ、数多《あまた》の人の命を預かるからには、自分の手を汚さないわけにはいかない。この件も、処分自体は甘いと誹《そし》りを受けるものだったろうが、凪斗自身が介錯したことによって、幹部たちはむしろ新たな当代を見る目をいくぶん変えたようだった。

これから先、いくらでも汚れていかなければならない。長としては当然のことだ。

けれども知れば、角能が胸を痛めるだろうことはわかっていた。

だからそれを少しだけ先延ばしにしたい。

……そのぐらいの感傷は許してほしかった。

エピローグ

夏の強い陽射しが、本宅奥にある隠居の間に鮮やかにそそぐ。

角能は凪斗の隣に座していた。

卓を挟んだむこうには三代目が脇息に身を凭せかけている。そして、その横には退院したばかりの桜沢が控えていた。襲撃によって内臓に達する傷を負い、一時は意識不明の重体に陥ったのが嘘のように、相変わらず刃物のような鋭さを発している。

凪斗はといえば、グレイのワイシャツとスラックスという大人らしい服装が浮くことなく、身に馴染んでいた。不思議なもので、容姿は変わらずとも、人品が変化すればおのずと身につけているものの格も違って見える。

若さに不似合いな深い炯々とした光が、その淡色の眸には潜んでいる。

必要とあらば、それはすぐに剝き出しになり、人を圧する。自分のなかの相反する側面を、凪斗は自在に扱うことができるようになっていた。車でたとえれば、常にギアをニュートラルに入れておき、必要なときに瞬時に最適なモードへとシフトできるのと似ているだろうか。

常人より振れ幅の大きい資質を、おのれの自然なあり方としてしっかり受け止めることができているように、角能の目には映っていた。

凪斗が三代目へと視線を据える。

「負傷した者たちもだいぶ回復し、組の統制も整ってきました」

「ああ。うまい具合に、おまえの下で組がまとまりなおしているな」

「つきましては、これまで防戦に徹してきた熾津組への対応を変えたいと思います」

久禎はわずかに表情を厳しくして頷く。

「同じだけの血をあっちにも流させないと収まらない。それがこの世界の道理だからな」

「こちらから鉄砲玉を差し向けて熾津の幹部を狙えば、苦戦続きの旗島会の助力ともなります」

「おまえの初戦、だな」

「はい」

凪斗の顔をじっと眺めて、久禎が呟く。

「禊《みそぎ》が、無事にすんだようだな」

「……禊、ですか？　身を清める？」

「そうだ」

訝しげに凪斗が訊く。

「清めることなどした覚えはありませんが、どういう意味ですか？」

「禊の由来が蛇の脱皮だって話があるのを知らねぇのか？」

「初めて聞きます」

角能もまた初耳だった。

「蛇は脱皮をして新たな瑞々《みずみず》しい生を手に入れる。それが神聖な再生だってんで、身を清める行為に重ねたんじゃねぇかって話だ。蛇が身を削ぎ落とす、身削ぎ——禊だ」

角能は言葉を嚙み締める。

……たしかに、凪斗は脱皮という禊を成し遂げていた。

胸の火傷が癒えて退院した角能は、凪斗の変化に驚かされた。

変化したけれども、凪斗はなにも失わなかった。

脆さも凶暴さも、すべてを内包できるほど器を大きくしたのだ。

蛇が窮屈になった皮を脱いで脆くてなまめかしい剝きたての身を晒し、ひと回り大きく成長する、そのままに——。

＊＊＊

「角能さんは知ってた？　蛇の脱皮が禊だっていうの」

凪斗は先に寝室に入りながら、肩越しに見返って尋ねる。

「いいや」

風呂上がりで火照っている頰に生乾きの髪がへばりつくのが気持ち悪い。もっとちゃんと髪を拭いてこいと言われるかと思ったが、角能は妙にじっと見つめてくるものの、小言は言わなかった。

凪斗は奥に敷かれたほうの褥に座り込み、漢字を思い浮かべながら口のなかで呟く。

「身削ぎ……禊」

その言葉が、実感をともなって体内に響いた。

人の道を踏み外すとわかっていて、初めて好きになった人とともに生きることを、自分は選んだ。

そうして負った試練は残酷すぎて重すぎて、心も身体もボロボロに傷ついた。壊れる寸前の淵《ふち》を彷徨い。

もう溶けて消えたものかと思っていた自分の心を、角能はおのれの身を焼くことで、命懸けで揺さぶってくれた。それによって凪斗は自分そのものを呑み込み、人格を再構築することができたのだ。

岐柳凪斗だ円城凪斗だ、というような括りはすでに存在せず、すべての要素がフラットに自分のなかに収まっている。

蛇の首がいくつあろうが、それはひとつの胴に繋がり、同じ血が循環している。

栄養も、傷も、欲望も、願いも、共有している。

この新たな自我でもって組を統《す》べり、自分は熾津組に報復をおこなう。

血が湧《わ》く、悦びの感覚。そしてその悦びの裏には、ぴたりと悲哀が張りついている。人を傷つけ、傷つけさせ、それを負っていく業の痛み。

凪斗は、角能の藍色の浴衣の胸元から覗いている白い包帯を見つめる。

もう傷は癒えているはずなのにいまだに包帯をしているのは、火傷痕を見れば、凪斗が自責の念に駆られることを慮《おもんぱか》ってくれているからだろう。

「角能さん、その包帯取れば？」

なにげないように促すけれども、角能は案の定、首を横に振った。

だから、もう少し積極的に出る。

凪斗はふたつの布団のあいだに覗いている畳へと這いずった。角能の布団に片手をついて、目を上げる。少し艶を含んだ声で駄々を捏ねる。

「どんなふうになってるのか、見たい」

「見て気持ちのいいものじゃない。いいから、もう寝ろ」

「嫌だ」

言いながら凪斗は角能へと手を伸ばした。浴衣の衿を摑む。

「なぎ――」

胡坐をかいている角能の前に膝立ちし、凪斗は角能を見下ろした。

「俺に見せて……尭秋」

ごく自然に、呼び方が切り変わる。

角能が苦笑を浮かべた。

「俺はおまえに従うしかないんだろう？」

凪斗が衿を引っ張るまま、角能は抵抗せずに諸肌《もろはだ》を脱いでくれる。機能的に筋肉を重ねられた完璧な肉体だ。そこに巻かれている包帯に手をかけると、一瞬、手首を握られて心配りをされる。

「見た目は酷いが、痛みはもうないからな」

「…うん」

覚悟はしていたが、胸部のケロイドが覗いたとき、凪斗は思わず手を止めてしまった。

震えそうになる手指に力を籠めて、さらに包帯をほどいていく。包帯の最後の端を握り締めて、凪斗は角能の前に正座した。改めて、角能の身体を見つめる。

胸部から腹部にかけてのかなりの範囲の皮膚は、肉っぽい色合いに変色し、複雑に引き攣れていた。無惨な火傷痕へと、凪斗はそっと手を伸ばす。肌理《きめ》の失われた皮膚に触れると、角能がわずかに身を強張らせた。本当は、まだ痛みがあるのかもしれない。

美しい肉体を損なわせてしまったことに、息が詰まるような哀しみを覚える。

「尭秋――ごめんな」

声と身体を小刻みに震わせて、凪斗は角能の胡坐をかいた左右の膝に手をつく。そして、焼き潰れてしまった右の乳首へと唇を寄せた。

やわらかくそこを啄《ついば》むと、角能の全身がビクッと竦む。唇を開いて舌を差し出す。舌先でくにくにと爛れた皮膚を舐める。

角能が、たぶん痛みのために息を乱す。

けれどそれは発情と紙一重の色めきがあって、凪斗は背筋にぞくりとした痺れを感じてしまう。

「もう見たから、いいだろう」

髪をぐしゃりと摑まれて引っ張られながらも、凪斗は引き攣れた皮膚を舌でぬるぬると舐め癒していく。口のまわりを唾液まみれにしながら上目遣いに角能を見る。

「…このまま、しよ」

大人に甘える子供の口調で囁き、鳩尾から臍《へそ》にかけてを丹念に舐める。

浴衣の割れた裾から手を滑り込ませて、胡坐に開かれてる脚のあいだに触れる。重く張った双玉の輪郭を指先で辿り、そこから角度を持っている幹へと移る。手指で作る輪に収まりきらないほど、それは膨張し、怖いぐらい硬くなっている。

いたたまれない劣情に駆られて、男の性器を激しく扱く。気づいたときには手は先走りで濡れそぼっていた。その蜜を丹念に怒張を浮かせる幹に塗り拡げていく。先端の溝に爪を押し込むと、角能が喉を鳴らした。手首を摑まれて、浴衣のなかから退かされる。

「たかあき？」

不満顔をすると、唇を指で押し開かれた。三本の指がずぷりと口腔に侵入してくる。舌の表面や裏をくすぐられ、捏ねられ、だらしなく口のなかに溜まっていく唾液を掬われる。

口の粘膜を乱されてぼうっとすると、もう片方の手が浴衣の裾を割って内腿を撫で上げてきた。布を露骨に押し上げている勃起にはしかし、角能は触れなかった。双玉の裏に掌をぐっと押しつけてくる。思わず腰を上げると、そのまま掌で股間を持ち上げられた。膝立ちの姿勢、会陰部全体を手で覆われる。

「ん…ん、む」

舌を指で嬲られながら、脚の狭間をいやらしく揉みしだかれる。

「どうした？　ここら辺が熱くなって、張ってるぞ」

意地の悪い指摘に、凪斗は会陰部をピクピクと震わせてしまう。蕾もわななく。蕾のうえには中指の先が載せられているから、恥ずかしい発情をあますことなく角能に読みとられてしまう。

唇から指を引き抜かれた。

「孔を開いておけ」

双丘の薄い肉を左手で割られ、蕾が心許なく外気に触れる。そこへと濡れ濡れとなった右手の指を近づけられた。

「ぅ…ん」

ヒクつく襞に自分の唾液をなすりつけられる。指の先端を押し込まれる。

「そんなに締めるな。まだ爪までしか入ってない」

「ん、でも――ぁ、あっ」

しっかりした節がぷつりと蕾を通り抜けた瞬間、身体が跳ねた。

角能が意地悪く節を出し入れして、細かな襞をいたぶりだす。口の部分がカァッと熱くなっていく。粘膜の奥のほうに疼痛《とうつう》が起こる。

その深部へと、ずっくりと指を挿された。

衝撃に身体が傾ぎそうになって、角能の厚みのある肩に慌てて摑まる。

「ひ、ぁ」

指一本で狭まっている筒を容赦なく捏ねまわされた。甘い痺れが、次から次へと重なっていく。頭の芯まで震える。

気がついたときには、性器から白濁をたらたらと漏らしてしまっていた。

「誘っておいて、ずいぶんと早いな」

「……、ぁ、やだっ、まだ、まだ出てる、のに――ああ」

果てている最中の凪斗のヒクつく粘膜へと、角能は三本の指を根元まで捻じ込んできたのだ。惑乱している粘膜に与えられる、指の長さのぶんだけの深い抽送。身体が上下に揺れる。

「飛び散らしてるぞ。ほら」

浴衣の下腹をめくられれば、振りまわされる紅く熟れた茎の先端から、わずかに白濁の混じった先走りが糸を引いている。

あまりにも卑猥なありさまに、羞恥のあまり凪斗はまた白濁をひと搾り漏らしてしまう。

別の生き物のように複雑に蠢く内壁から、角能は三本の指を引き抜こうとした。しかし、粘膜が指に癒着してしまって、凪斗の腰も一緒に落ちていく。無理やり指を抜かれたとき、出すものもないまま性器が跳ねた。

「締めつけられすぎて、指がジンジンしてるぞ」

言いながら、角能が抜いたばかりの指三本をわざとらしく動かす。

立てつづけに果ててしまった凪斗は、眩暈《めまい》に襲われ、上体を起こしているのがやっとというありさまだった。

身体が熱くてつらくて、角能をなじりたくなる。

「……ヤジ」

「ん？」

「エロオヤジ」

角能が鮮やかな二重の目で瞬きをした。

そして苦い顔をすると、凪斗の腰紐に手を伸ばしてきた。腰紐をほどかれて両肩が剝き出しになるほど浴衣の前を開かれる。白濁と先走りを伝わせている反り返ったペニスも露に、ぺたりと褥に尻を落としている姿を舐めるように眺められる。

「まだ勃ててるのか。エロガキが」

「……」

角能が自身の腰帯もほどく。諸肌を脱いでいた浴衣は、そのまま男の逞《たくま》しい身から剝がれた。発情した雄の器官を晒して、胸に禍々しい火傷痕を抱いた逞しい肉体が圧し掛かってくる。

素肌が触れあう感触だけで、身体中の関節がゆるんだみたいに力が入らなくなる。

互いの欲情に腫れた唇を舐めあう。

舐めあっているうちに、下肢を開かされていた。

せつなく蠕動している粘膜へと、重い肉の楔《くさび》が力強く打ち込まれる。

「ぁ、ん、んっ――は、ふっ」

……なんだか、いつもより深くまで届いているみたいだった。

奥の奥まで拓かれきる感覚に、ぞくぞくと耐えがたい体感を覚える。身をのたくらせると、唇の端にきつく口付けられた。

「おまえに絞め殺されそうだ」

甘くて苦い声で、角能が囁いてくる。

そうして、ぷっくりした凪斗の唇へと、唇を横滑りさせる。潤んだ唇同士が音をたてて重なる。その結合部分から、濡れた肉が深く入り込んでくる。

双頭の蛇に犯されたときのことを、凪斗は思い出していた。

――あの時みたいに……。

朦朧となりながら思う。

――身体のなかぜんぶに、欲しい。尭秋が、欲しい。

渇望のままに凪斗は脚を男の脚に絡ませて、なかのペニスをさらに奥へといざなう。

しっとりと湿った手で角能の頰を挟み、喉を開いて舌を吸い込む。そうやって、苦しいぐらい深くまで取り込んでいく。

そしてそれは、同時に角能にも深すぎる快楽を与えたようだった。

角能が肌に汗を伝わせながら身体中の筋肉を強張らせる。射精を堪えたのかもしれない。ピク…ピクと、細やかな痙攣が、角能の身を走る。体内の楔もまた、つらそうに蠢いている。

欲望のままに舌を深くまで含みすぎて、少しえずいてしまうと。

「…ん、く」

えずきによる粘膜の締めつけと痙攣を舌と性器で味わわされて、角能が苦しげに呻く。

それからはもう劣情を制御できなくなったように、激しく腰を使いはじめた。

互いの欲を捧げあいながら、同じ律動に溺れていく。

心も身体も熱く蕩けきり、苦しみに酷似した恍惚《こうこつ》が訪れる。

「ん、くっ――んんんっ」

凪斗は、舌を呑んだ口で悲鳴をあげた。

性器が痛いほど脈打つけれども、残滓《ざんし》のような白い蜜しか吐けない。途中からは吐くものもないまま、性器を細かく震わせた。

忙しなく波打つ粘膜を穿たれつづけて、気が遠くなりかける——本当に意識が溶けかけたとき、ふいに体内に重たい奔流を感じた。

凪斗の喉奥に舌先を押しつけながら、角能は臀部を固めて、すべての欲を凪斗の奥底に叩きつけていった……。


汗で頰にへばりついた髪をそっと剝がされる感触に、ぼんやりと目を開ける。

いつでも目を覚ましたときに一番に見たい顔。それを吐息のかかる距離に見つけて、凪斗はとろりと微笑む。

身体の芯がいやらしい熱に熟んでいる。もぞりと腰を蠢かすと、角能がわずかに顔をしかめた。まだ角能が繫がっていることに気づいて、凪斗は首筋を火照らせる。

わずかに芯はあるものの、やわらかな肉塊を含んでいるのは、妙に癒着している感覚が強くて淫らな感じだ。

向かいあうかたちで横倒しになり、凪斗は左脚を角能の脚に外側から絡めるようにしていた。浴衣は両肘の部分だけで辛うじて身に纏わりついているものの、身体はほとんど剝き出しになっている。

じくりじくりと身体の奥にふたたび溜まりだす劣情に、凪斗は目を伏せた……角能の胸から腹部へと拡がる火傷痕が視界を埋める。

「たかあき」

「…ん？」

指先でそろりと火傷の輪郭を辿っていく。

「こういうの、人工培養の皮膚を移植するとかで綺麗にできるって、聞いたことがある」

「ああ、入院中に医者から勧められた」

「そうなんだ？　受ければいいのに」

「いや、いい」

あっさりと退けられて、凪斗は訝しむ眼差しを上げる。

「でも、この痕、放っといても消えないんだろ」

「消えないだろうな」

「それなら…」

「消すつもりはない。せっかく激痛を耐えて、身体に刻みつけたんだからな」

「え？」

角能が満足げに目を細める。

「おまえは俺のために双頭の蛇を、その肌に刻んでくれた。だから今度は俺が、おまえの絵を……想いを、この肌に刻んだ」

「……」

告げられた言葉に、凪斗の心臓はぎゅうっと竦む。

ぎこちなく火傷痕へと視線を戻した。

角能への想いを凝縮した絵によって刻まれた、無惨な紋様。

「一流の刺青は、彫られた人間を喰らおうとするそうだ。俺が彫滝さんの刺青を入れさせたばかりに、おまえをよけいに苦しめることになったのかもしれないな」

「……ちがう」

刺青を入れたのは、自分で選んだことだ。

角能尭秋という男に少しでも気に入られたくて、肌を差し出した。

岐柳組四代目になるのも、こういう定めだったのだと、いまは悟っている。

きっと、運命の歯車は間違って動いたのではない。岐柳の大蛇の子として生を受けたときから、こういう嚙みあわせになるように複雑に仕組まれていたに違いなかった。

「尭秋のせいじゃ、ない」

大きな手が、いつの間にか濡れていた頰を撫でてくれる。目の下の涙袋を、親指の腹で横になぞられる。濡れそぼった睫を上げると、角能は真摯な表情をしていた。

「凪斗、その刺青に負けて、喰い殺されるんじゃないぞ」

頷くと、唇を痛いぐらい吸われる。

頭の芯も身体の芯もキリキリと痛いぐらい締めつけられていく。その締めつけが甘い痺れとなって、身体中に響いていく。

　角能がわずかに離した唇で約束してくれる。

「俺は肌に刻まれたおまえの想いを、生涯抱きつづける」

　声が出なくて、凪斗はこくりと頷く。

　もう一度深く頷いて、角能にしがみつく。

　しがみついてから、腕に引っかかっている布が肌と肌のあいだにあるのが、もどかしくてたまらなくなる。浴衣を脱いでしまおうとするのだけれども、横倒しの身体では捩じれた袂をうまく外せない。

　ちょっとこんがらかってもがいていると、角能が呆れたみたいに笑った。

　その笑いが繋がった場所から体内に響く……いつの間にか、角能の性器は硬く大きくなっていた。

　それを知覚してしまうと、内壁がきゅっと締まってしまい、よけいに動きづらくなる。

　頰を染めて情けない顔をすると、角能が助け舟を出してくれる。

「凪斗、肩に摑まれ」

　言われたとおりにすると、角能は凪斗の背を抱きながら上体を起こした。凪斗も一緒に起こされる。

「あっ……深すぎ、っ」

　繋がったままの下肢、角能の発情した器官がとても深いところまで辿り着く。

　なまめかしい感覚に身を竦めていると、角能は凪斗の両肘を掌で包んだ。

　そのまま手首のほうへと掌が流れていく。

　その動きと一緒に、捩じれていた浴衣の袂がするりと肌を滑った。

まるで蛇の抜け殻のように、浴衣が褥にくったりと落ちる。

「尭秋」

凪斗は剝き身の肌を、角能へと添わせていく。

「この火傷もぜんぶ、俺のものだから」

角能の両の掌が、黒々とした双頭の蛇を彫り込まれた凪斗の背を辿る。

「そうだな。この火傷は、俺にとっての刺青だ……おまえが俺に与えてくれた」

「……うん」

凪斗は角能の耳へと唇を寄せた。

かたちのいい耳の縁、薄い肉に咬みつく。

「喰い千切るなよ」

そう言いながら、角能は腰を激しく突き上げて、咬み千切りたくなるほどの快楽へと容赦なく凪斗を連れ去る。

男の爛れた胸に胸を重ねて、精一杯の力で抱きつく。

至悦に身をわななかせながら、思う。

角能の劫火に焼かれた肌も、自分の針を深々と差し込まれて墨を沈められた肌も、人が見ればおぞましい、忌むべきものなのかもしれない。

それでも。

自分たちにとっては、これらはかけがえのない誓いの傷なのだ。

互いが互いに与えた、魂にまで至る所有の証。
凪斗は絶頂感に震える瞼を閉じる。
広がる瞼の闇へと。
角能への想いの丈、数えきれない色の波紋が重なり重なり、花開いていく――――。

了

あとがき

こんにちは。沙野《さの》風結子《ふゆこ》です。

この「蛇恋《じゃれん》の禊《みそぎ》」は単体でも読めるようにしてありますが、ラピスレーベルさんから出していただいた「蛇淫《じゃいん》の血《ち》」という話の続きに当たるものです。

（ちなみに、脇役の久隅《くずみ》は、既刊リンク作の「蜘蛛《くも》の褥《しとね》」でメインを張っています）

ふたたびこうして、角能《かどの》×凪斗《なぎと》の話を書く機会をいただけたことを、続きを読みたいと言ってくださった方々、イラストの奈良千春《ならちはる》先生、担当様、そしてリンクスロマンスさんに、この場を借りて感謝を申し上げます。

今作に詰め込んだネタの多くは、前作を書いた時点で頭のなかにあったものだったので、こうしてかたちにすることができてとても嬉《うれ》しいです。

さて。この本の私的サブタイトルは「恋する子蛇、脱皮の季節」でした。

命懸けの脱皮劇。嫁の角能（攻だけど、極道の嫁）は、子蛇旦那二匹分に振りまわされて大変そうです。

なんというか、人間、そう簡単に変われるものでも成長できるものでもないわけですが、試練を乗り越えて凪斗と角能が育っていく姿を書き出せていているといいなぁと思います。そうでないと、無駄に痛い目に遭ってるだけってことに——。

通常版凪斗と覚醒版凪斗、どちらも書いていて愉《たの》しかったです。

……しかし、凪斗に重たい看板しょわせた挙句に崖《がけ》から蹴《け》り転がす凪斗パパは、性質《たち》が悪い。


ところで、濡れ場につきましては今回ついに、大好きな触手ちゃん（蛇だけど）プレイを話に持ち込むことができました！

しかも夢にまで見た、お腹のなかで握手握手握手です。もっとねちっこく書いてもよかったんですが、あんまり書くとグロくなってストーリーを見失いそうだったので、あの程度に。で、そんな触手好きな私はもちろん、この本の表紙ラフを拝見した瞬間に「触手!!」とテンション上がりまくったわけです。奈良先生の触手……質感といい絡《から》み具合といい、たまりません。


と、こんな流れですが、奈良千春先生。お忙しいなか、妖力あるイラストをつけてくださって本当にありがとうございます。表現したい雰囲気を増幅して絵にしていただけて、なんとも言えない贅沢《ぜいたく》を噛《か》み締めています。

また、シリーズを通して担当してくださっているT様。作品が少しでもいいものになるようにアドバイスしていただけて、いつも心強いです。これからも、よろしくお願いいたします。

そして、この本を手にとってくださった皆様に、大きな感謝を。少しでも愉しんでいただける部分があったことを願っています。

前作からお付き合いくださっている方たちにとって、この話がどういうものとなったのかも気になるところで、緊張しきりです。

なにか感想などありましたら、ひと言でも教えていただけたらありがたいです。

＊沙野風結子＊

【風結び】http://kazemusubi.com

LYNX ROMANCE
獣《けもの》の妻《つま》乞《ご》い
沙野風結子
illust. 実相寺紫子

898円
（本体価格855円）

通り魔に襲われた高校生の由原尚季は、狩野飛月という男に助けられる。強引な手口により、飛月と一緒に暮らすことになった尚季は、凶暴そうな見た目に反し、無邪気で優しい男に急速に惹かれていく。だが、仕事に行くたび尋常さを失う飛月に、尚季は昼夜を問わず荒々しく抱かれるようになる。次第に獣じみていく飛月の異変に不安を覚える尚季は、彼が凶悪犯罪者を抹殺するため、秘密裏に造られた「猟獣」だと知り――。

LYNX ROMANCE
背《せ》守《もり》の契《けい》誓《せい》
深月ハルカ
illust. 笹生コーイチ

898円
（本体価格855円）

背守として小野家当主に仕え、人智を超える力を持つ由良。主が急死し、次の当主である貴志の背守に力を移すため殉死する運命だったが、貴志に身を穢されてしまう。貴志に恐れを抱く由良だが、共に生活するうち、身を穢したのは背守の力を失わせ自分の命を救うためだったと知る。不器用だが貴志の優しさに触れ、惹かれ始める由良。しかし背守の力は失われていなかった。貴志の背守にはなれないため、由良は死ぬ覚悟を決めるが…。

LYNX ROMANCE
コルセーア ～月を抱く海～ II
水壬楓子
illust. 御園えりい

898円
（本体価格855円）

モアレ海を統べる海賊の一族・プレヴェーサで、硬質な美貌を持つカナーレは統領付きの参謀を務めていた。しかし、ピサールの王宮から拉致され、暗殺集団のシャルクに捕らわれてしまったカナーレは、ある重要な情報と引き替えに、再び彼らの仲間となる。恋人のアヤースと過ごした幸せな時間と決別し、カナーレは暗殺者として人を殺め、自らの手を血で染めていくが――!? 壮大なスケールで展開される、大人気シリーズ最新作!!

LYNX ROMANCE
王《おう》は花《はな》を奪《うば》う
柊平ハルモ
illust. 小路龍流

898円
（本体価格855円）

王位継承争いに敗れ、一族の仇であるマクシミリアンに囚われたルネは、妹を守るため、憎い男の寵姫となる。彼に淫らに弄ばれる屈辱の日々を過ごすルネだが、誇りを失わず気丈に振る舞い、マクシミリアンへの反発を深めてゆく。しかし「死を呼ぶ公爵」と呼ばれる彼の真実と哀しみを知り、傲岸不遜な王としての顔に孤独を隠したマクシミリアンに惹かれはじめ…。アレッツーサ王国シリーズ完結編、愛に殉じた最初の『花』の物語。

LYNX ROMANCE　LYNX ROMANCE　LYNX ROMANCE　LYNX RO

LYNX ROMANCE

真《ま》昼《ひる》の月《つき》 上

いおかいつき

illust. 海老原由里

898円
(本体価格855円)

同僚の裏切りが原因でマル暴の刑事を辞め、無気力な日々を過ごしていた神埼秀一は、祖父の死を機に、大阪へ生活の場を移す。相続した雑居ビルに赴いた秀一は、ヤクザの若頭・辰巳剛士と出会う。強烈な存在感を放つ辰巳だが、秀一は臆することなく接するため、彼に気に入られる。数日後、傲慢な辰巳は秀一のためにと、部屋を勝手に改装し、その見返りとして体を求めてくる。秀一は手錠をかけられ、強引に体を押し開かれるが…。

LYNX ROMANCE

神《かみ》は誰《だれ》も愛《あい》さない

あすか

illust. 実相寺紫子

898円
(本体価格855円)

父が殺された事件の真相を知るため、一之瀬雫はヤクザのスパイとして警察に潜入していた。管理官の加瀬倫匡から信頼を得、情報を引き出すために体の関係を持った雫。しかし逞しい体躯に組み敷かれ、情熱を注がれるうち、自分を大切にしてくれる倫匡に心が揺れ始める。そんな中、雫はマフィアの英銘に誘拐されてしまう。倫匡以外の男に蹂躙された悲しみに打ちひしがれ、彼への愛を自覚するが、裏切っている現実に心を痛め…

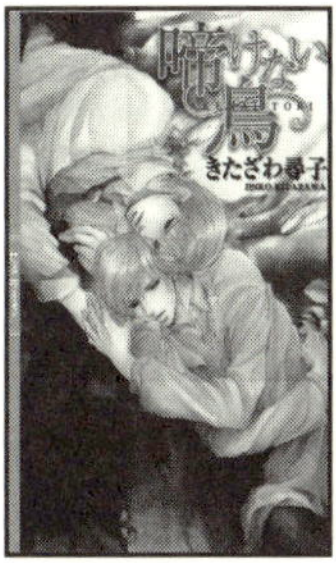

LYNX ROMANCE

啼《な》けない鳥《とり》

柊平ハルモ

illust. 小路龍流

898円
(本体価格855円)

身寄りがなく、天才が集まる組織で育てられた冬稀は、創薬研究所に勤める賀野に望まれ、入所することになる。自らに価値を見いだせずにいた冬稀は、熱意溢れる彼の言葉によって、心に奇妙な高揚感を植えつけられた。冬稀は賀野のために研究に没頭するが、仕事よりも冬稀の体を気遣う賀野の優しさにいつしか惹かれていく。しかし、自分が関わる研究でスタッフが事故死したことにショックを受け、研究が続けられなくなり…。

LYNX ROMANCE

抱《だ》きしめるだけでいいから

桜木ライカ

illust. せら

898円
(本体価格855円)

後見人の本橋への恋心に苦しむ侑は、彼に似た男をアパートに連れ込み、情事に耽るふしだらな生活を送っていた。ある日、男に暴力をふるわれていたところを、隣に越してきたサラリーマンの暸文に助けられる。本橋に似た男にしか関心がなかった侑だが、傍若無人にふるまっても、ぶっきらぼうな優しさをみせる暸文に興味を抱く。親しくなるにつれ、暸文と過ごす時間に安息を感じ始めた侑は、彼の恋人の存在に胸が痛むようになり…

この本を読んでの
ご意見・ご感想を
お寄せ下さい。

〒151-0051
東京都渋谷区千駄ヶ谷4-9-7
(株)幻冬舎コミックス　小説リンクス編集部
「沙野風結子《さのふゆこ》先生」係／「奈良千春《ならちはる》先生」係

リンクス ロマンス

蛇恋の禊

2008年4月30日　第1刷発行

著者……………沙野風結子《さのふゆこ》
発行人…………伊藤嘉彦
発行元…………株式会社　幻冬舎コミックス
〒151-0051　東京都渋谷区千駄ヶ谷4-9-7
TEL 03-5411-6434（編集）
発売元…………株式会社　幻冬舎
〒151-0051　東京都渋谷区千駄ヶ谷4-9-7
TEL 03-5411-6222（営業）
振替00120-8-767643
印刷・製本所…共同印刷株式会社
検印廃止

ISBN978-4-344-81315-1　C0293
Printed in Japan

幻冬舎コミックスホームページ　http://www.gentosha-comics.net